LE TRIOMPHE DES CINQ PASSIONS.

TRAGI-COMEDIE.

A PARIS,
Chez TOVSSAINCT QVINET, au Palais, dans la petite Salle, soubs la montée de la Cour des Aydes.

M. DC. XLII.

AVEC PRIVILEGE DV ROY.

A MONSIEVR D'HEMERY, CONSEILLER DV ROY EN SES CONSEILS, ET INtendant de ses Finances.

MONSIEVR,

Il me sieroit mal de vouloir faire l'Orateur, & d'emprunter les beautez de l'Eloquence pour dépeindre en cette Epistre celles de vostre Esprit. Ie sçay que vous estes de ceux que l'artifice offence, & que comme il est desaduantageux de farder ceux qui naturellement ont tous les aduantages que l'on leur pourroit souhaitter, que de mesme c'est diminuer de vostre gloire, que de vouloir l'augmenter auec des flatteries. Pour vous faire aimer il ne faut que vous faire veoir comme vous estes; & pour auoir vne approbation vniuerselle il ne faut seulement qu'estre aduoüé de vous. Aussi, MONSIEVR, confessay-je ingenuëment que ie viens à vous à dessein d'y trouuer ce que ie donnerois aux autres, & d'acquerir vn renom immortel à ma plume en vous consacrant vn de mes ouurages, comme les autres le receuroient de moy si ie les employois en leur faueur. Receuez-le donc, MONSIEVR, auec autant de bonté que i'ay de zele à vous l'offrir, & considerez que c'est le respect que ie vous porte, qui m'empesche de m'estendre dauantage sur vos loüages. & qui m'oblige de me resserer en vn champ si grand & si vaste, puisque ie croirois vous faire tort si ie desrobois à l'Histoire de France, (que i'espere de faire vn iour) vn de ses plus riches ornemens pour en parer vn ouurage de ceste Nature. Je veux donc aujourd'huy faire vanité de mon silence pour monstrer dedans peu la raison qui m'y contraignoit, & demeureray satisfait de tesmoigner à nos Nepveux qu'apres vous auoir veu brillant d'vne gloire dont les plus grands Esprits n'ont eu que l'ombre, cette belle contemplation a jetté tout d'vn coup mon Esprit dans vne telle admiration qu'elle m'a rauy comme hors de moy-mesme, ne permettant pas à ma plume de passer outre, & ne m'accordant pour toute grace que la liberté de me dire,

MONSIEVR,

Vostre tres-humble & tres-obeïssant seruiteur
GILLET.

ADVERTISSEMENT AV LECTEVR.

IE ne veux point me forger des monstres pour les combattre; ce n'est pas que ie veuille conclure de là que cét ouurage soit sans aucunes fautes, mais seulement faire entendre que i'ignore l'endroit où elles sont. I'ay assez d'humilité pour aduoüer qu'il peut y auoir plusieurs defauts, mais ie n'ay pas assez de cognoissance pour les apperceuoir: Si i'eusse pû faire ce discernement, les absurditez en seroient maintenant moins grandes, ou le nombre plus petit. Ie suis donc bien esloigné de pouuoir deffendre ce Poëme des erreurs dont on voudra l'accuser, puisque ie ne les cognois pas, & que ie ne puis voir dequoy il est coupable. Tout ce que ie puis faire en sa faueur est de parler de l'intention de son subject, & de considerer à part le dessein de chacun Acte. Ie n'entreprends point de discourir, ny des pensees de tout l'œuure, ny de leur expression, ny de la façon des vers; Ie me mettrois au hazard de ressembler à celuy dont se mocque le Rhetoricien, qui fit vn volume de censures plus ample que n'estoit celuy qu'il condamnoit. Ie dis de tout le corps de la piece deuant que de venir à la dissection des parties, que mon idee en la conception de cét ouurage estoit de representer combien absoluë est la tyrannie que les passions exercent sur l'esprit de l'homme quand vne fois il s'est laissé sousmettre à leur empire. Tantost ie les dépeins comme les Stoïciens qui les qualifioient du nom de maladies d'esprit, & le plus souuent aussi comme les Peripateticiens & les Sectateurs de l'Academie de

Platon qui les tenoient indifferentes, & ne les approuuent ou improuuent que l'ors que l'application en est bonne ou mauuaise. Ie n'ay pas pris peine à suiure plustost le sentiment des vns que des autres, si ce n'est au roolle de l'Enchanteur où l'on peut dire qu'il ioüe le personnage d'vn Stoïque. Ie sçay que la liberté est la mere nourrice de la Poësie, & que cette fille l'aime tendrement, c'est pourquoy ie la luy ay voulu laisser toute entiere. Si la carriere eust esté de plus grande estenduë, i'eusse fait prendre l'essort à toutes ces harpies ; mais elles eussent paru trop confusément en vn si petit espace, & l'on n'auroit peu les distinguer. I'ay pris mes mesures selon celles du Poëme Dramatique, & dans toute cette multitude ie n'en ay choisi que cinq dont i'ay fait les cinq Actes. I'ay permis à l'espece & au genre d'entrer indifferemment en ce nombre, sans vouloir y receuoir plustost les vniuerselles que les particulieres. Le premier Acte est intitulé l'honneur, & pource que ce mot est homonyme, i'aduertis le Lecteur de ne le prendre pas à la lettre, mais bien pour vn desir effrené d'acquerir des loüanges. Autrement il y auroit vne double absurdité, car outre que le mot d'honneur simplement entendu n'est point vne passion, c'est que l'Histoire de Manlie ne luy appatient point encore. I'employe deux vers du sixiesme de l'Eneide de Virgille contre ceux qui voudront soustenir que l'honneur, comme ie l'entends, n'est point vne passion, ou que l'Histoire de Manlie n'en est point vn effect. Par eux ce grand Poëte condamne la dureté de Iunius Brutus en vne action pareille à celle dont il s'agist, & semble déplorer l'aueuglement de ce pere dénaturé, lequel emporté du desir d'acquerir des loüanges, fit impitoyablement mourir ses deux enfans, & les immola à cette passion déreiglee, ces vers sont tels.

Infelix vtrumque ferent ea fata minoris,
Vincet amor patriæ, laudumque immensa cupido.

Le second Acte est vn tableau de l'ambition. Nul n'ignore que ces deux passions, l'honneur & l'ambition ne soient les branches d'vne mesme tige qui est le desir, leur difference consiste en celle de leur objets; l'vne regarde pour son but l'estime & les loüanges, l'autre tend aux grandes & sublimes dignitez; c'est là qu'elle se repose, si l'on peut dire que l'ambition soit capable d'auoir iamais aucun repos. Ie crois qu'il me seroit superflu de parler du sujet, l'exemple est assez bien appliqué, ce me semble, & ie ne pense pas qu'il se trouue personne qui ne l'approuue.

Quelques vns, amateurs de la verité de l'Histoire, auront de la peine à souffrir que dans le troisiesme Acte, où i'ay representé la passion d'amour, i'aye fait commettre au ieune Anthioque vne seconde faute contre son deuoir, pour s'estre ouuert à sa bellemere, & luy auoir declaré son amour; mais ie les prie de penser que si ie l'eusse fait paroistre sur le Theatre auec la mesme reuerence & la mesme discretion qu'il a dans l'Histoire, qu'on luy auroit plustost donné des loüanges que du blasme: Ainsi ie me serois fouruoyé de la route que ie veux tenir, & i'aurois fait en l'esprit des Auditeurs vne impression toute contraire à celle que ie me suis proposé pour but & pour fin.

Le quatriesme est l'Histoire d'Emilie; ie ne croy pas qu'on me nie que ce ne soit l'exemple d'vne veritable ialousie; Plutarque est ma caution en ses Collatiōs des Histoires Grecques & Romaines, comme aussi de l'Histoire de Bisathie, & c'est apres ce Philosophe que ie la traitte comme vn effect de cette passion si cognuë dans le monde.

Le dernier est de la hayne. I'aduouë qu'on le peut aussi donner à la colere, bien que ces deux passions soient assez differentes entr'elles, & ie me serois à la fin persuadé que l'exemple de Bisathie le deuoit estre seulement de la colere, si ie n'y auois apperceu cete difference qui appartient à la haine, c'est que la colere ne persiste pas, & bien souuent s'appaise à la moindre satisfaction; & que la hayne au contraire ne desiste point qu'elle n'ait veu perir entierement son objet, comme a fait cette femme qui ne pust iamais s'appaiser qu'elle n'eust fait mettre à mort celuy qu'elle hayssoit.

Ie ne parleré point de l'invention du subjet, bien qu'il ne fut pas hors de propos ny hors de besoin, car ie ne doute point qu'elle n'ait esté sindiquee de la pluspart de nos censeurs, qui se monstrent plus Religieux en l'obseruance des loix Chimeriques du Theatre, qu'en l'accomplissement des Statuts qui concernent leur salut. Quant cet ouurage n'auroit de beau que sa nouueauté, c'est assez pour exciter l'enuie à vomir son venin à l'encontre. Mais que ces Messieurs en dient ce qu'il leur plaira, tousiours est-il vray que la piece toute deffectueuse qu'elle est, peut donner de l'instruction. Le plaisir que sa diuersité apporte est accompagné d'vtilité, le meruellleux & l'hystorique s'y rencontre, & l'on peut dire en son honneur ce vers d'vn de nos maistres, desia tant de fois allegué par d'autres.

Omne tulit punctum qui miscuit vtile dulci.

Adieu, pardonne-moy les fautes d'Impression, que mes affaires ne m'ont pas donné le loisir de corriger.

PRIVILEGE DV ROY.

LOVIS PAR LA GRACE DE DIEV, ROY DE FRANCE ET DE NAVARRE: A nos amez & feaux Conseillers les gens tenans nos Cours de Parlement, Maistres des Requestes ordinaires de nostre Hostel, Baillifs, Seneschaux, Preuosts, leurs Lieutenans, & à tous autres de nos Iusticiers & Officiers qu'il appartiendra, Salut. Nostre cher & bien-aimé TOVSSAINCT QVINET, Marchand Libraire de nostre bonne ville de Paris. Nous a fait remonstrer qu'il desireroit faire Imprimer vne piece de Theatre intitulees, *Le Triomphe des cinq Passions*: Ce qu'il ne peut faire sans auoir sur ce nos Lettres, humblement nous requerant icelles. A CES CAVSES, desirant traitter fauorablement ledit exposant, Nous luy auons permis & permettons par ces presentes, de faire Imprimer, vendre & debiter en tous les lieux de nostre obeyssance ledit Liure, en telles marges, en tels caracteres, & autant de fois que bon luy semblera, durant l'espace de cinq ans entiers & accomplis, à compter du iour qu'il sera acheué d'Imprimer pour la premiere fois. Et faisons tres-expresses defences à toutes personnes de quelque qualité & condition qu'elles soient, de l'imprimer ou faire imprimer, vendre ny debiter durant ledit temps, en aucun lieu de nostre obeyssance sans le consentement de l'exposant, soubs pretexte d'augmentation, correction, changement de titre, fausses marques, ou autres en quelque sorte ou maniere que ce soit: A peine de trois mil liures d'amende payables sans déport, & nonobstant oppositions ou appelations quelconques par chacun des contreuenans, appliquable vn tiers à nous, vn tiers à l'Hostel Dieu de nostre bonne ville de Paris, & l'autre tiers audit exposant, confiscation des exemplaires contrefaits, & de tous despens, dommages & interests: A condition qu'il sera mis deux exemplaires en blanc desdits liures en nostre Biblioteque publique, & vn en celle de nostre tres cher & feal le sieur Seguier Cheualier, Chancelier de France, auant que de les exposer en vente, à peine de nullité des presentes: Du contenu desquelles, Nous vous mandons que vous fassiez iouyr

& vſer plainement & paiſiblement ledit expoſant, & tous ceux qui auront droict de luy, ſans qu'il leur ſoit donné aucun trouble ny empeſchement. Voulons auſſi qu'en mettant au commencement ou à la fin dudit Liure, vn extraict des preſentes, elle ſoit tenuës pour deuëment ſignifiees, & que foy y ſoit adiouſtee, & aux coppies collationnees par l'vn de nos amez & feaux Conſeillers & Secretaires comme aux Originaux. Mandons au premier noſtre Huiſſier ou Sergent ſur ce requis, de faire pour l'expedition des preſentes tous exploicts neceſſaires, ſans demander autre permiſſion. CAR TEL eſt noſtre plaiſir, nonobſtant clameur de Haro, Chartres Normande, & autres Lettres à ce contraires. Donné à Paris le vingt-ſeptieſme iour de Fevrier, l'an de grace mil ſix cens quarante deux; & de noſtre regne le trente-deuxieſme. Par le Roy en ſon Conſeil. LE BRVN.

Les exemplaires ont eſté fournis.

Acheué d'imprimer pour la premiere fois le dernier Iuin 1642.

PERSONNAGES.

des cinq Paſſions.

PREMIER ACTE.

L'Enchanteur.

Arthemidore Gentil-homme Grec.

Manlie Capitaine Romain.

Le fils de Manlie.

Arphace Gentil-homme Romain.

Harmenie femme du fils de Manlie.

SECOND ACTE.

Pharaſmane Roy d'Hiberie.

Philoctate Gentil-homme Hiberien.

Mitridate frere de Pharaſmane, & Roy d'Harmenie.

Parthenie femme de Mitridate.

Philon Gouuerneur d'vne ville d'Harmenie.

Orcas Gentil-homme Hiberien.

TROISIESME ACTE.

Anthioque fils de Seleuque.
Pericles Capitaine des Gardes d'Anthioque.
Stratonice belle mere d'Anthioque.
Eresistrate Medecin d'Antioque.

QVATRIESME ACTE.

Emilie Gentil-homme de la ville de Sibarys.
Martiane femme d'Emilie.
Alphee Damoiselle de Martiane.
Phalante Page d'Emilie.
Megiste Chasseur.

CINQVIESME ACTE.

Le Roy des Massilliens.
Bisathie fille du Roy des Massilliens.
Felismene Damoiselle de Bisathie.
Calpurnie Amant de Bisathie.
Philidan Gentil-homme Massilien.
Le Page.

La Scene est dans Athenes.

ARGVMENT DV PREMIER ACTE.

ARthemidore Gentil-homme Grec ayãt l'esprit embarassé de vaine gloire, d'ambition, d'amour, de jalousie, & de fureur, va trouuer vn sçauant Enchanteur qui demeuroit en la ville d'Athennes, & le priant de le guerir des douleurs qui le tourmentoient, luy descouure sa blessure, & luy declare ingenuëment sa foiblesse, lors l'Enchãteur tasche de le soulager par des raisons fortes & conuaincantes: mais voyant qu'il falloit vn charme plus puissant pour le faire rendre, il se resout de faire vn effort merueilleux, & de rappeller des Enfers des heros les plus signalez de l'antiquité, pour luy monstrer comme les paſſions qu'il le tyraniſoient alors eſtoient dangereuſes, puis qu'elles auoient autrefois cauſé la perte de ces grands hommes qu'il luy vouloit faire voir, l'ayãt donc fait entrer en vn lieu propre pour ce myſtere, il luy impoſe le ſilence & l'aduertit d'eſcouter attentiuement tous les diſcours que ces Fanthoſmes parlans tiendroient afin de tirer du profit de leurs mal-heurs, lors ayant proferé quelques paroles, on voit tout d'vn coup ſortir le vieil Manlie Capitaine Romain, qui pour conſeruer ſa gloire, & ſignaler ſon nom à la poſterité, fit trancher la teſte à ſon propre fils pour auoir combatu ſans ſon ordre, quoy qu'il fut victorieux, & qu'il euſt deliuré la ville dont il l'auoit laiſſé Gouuerneur d'vn ſiege inſupportable, & d'vne ſeruitude infaillible, on le voit qui pouſſé de cette vaine gloire a peur de perdre le fruict de ſes victoires en ſauuant la vie à ſon fils, & de ternir par la pitié la grande reputation qu'il auoit acquiſe par ſon courage pour meriter quelque loüange il veut mõtrer qu'il ſe détache de ſes intereſts, & que malgré le ſang & la Nature il rẽd à la vertu Romaine ce que ceux qui ſe vouloient immortaliſer luy deuoient, &

fait vanité de tesmoigner au peuple que pour acquerir de l'hõneur il periroit luy-mesme & se priueroit de vie. Puis lors que l'on luy vient dire l'effect de la sentence qu'il a donnee, c'est à dire la mort de son fils, la sindeese du vice le prenant tout à coup, il en conçoit vn si grand déplaisir qu'il reste sans mouuement, & nous apprend par ce remord le repẽtir que traine apres soy ce trop grand desir de vaine gloire, & ce faux poinct d'honneur qui tourmẽtoit son ame sans cesse, & ne luy donnoit point de repos.

LE TRIOMPHE DES CINQ PASSIONS

ACTE I

SCENE PREMIERE.

L'Enchanteur, Arthemidore.

L'ENCHANTEVR.

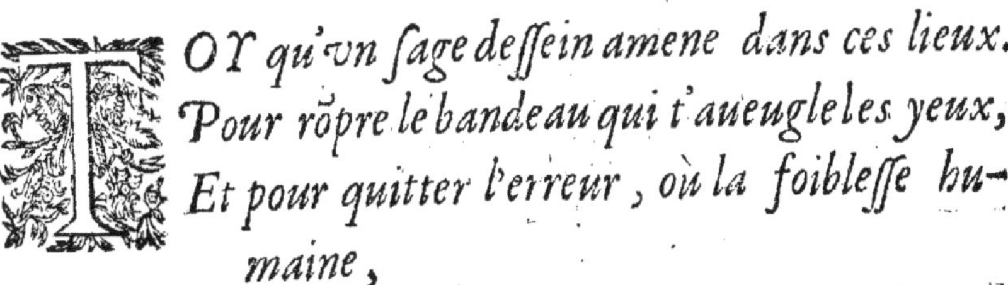

TOY qu'vn sage dessein amene dans ces lieux.
Pour rõpre le bandeau qui t'aueugle les yeux,
Et pour quitter l'erreur, où la foiblesse humaine,
Conduit ceux qu'elle esleue auec ceux qu'elle enchaisne

Viens acheuer d'apprendre à triompher du ſort ;
Viens t'armer pour combattre & la vie & la mort ;
Et cognoiſtre dans peu, par mon pouuoir ſupreſme,
Et le monde & la terre, & le ciel & toy-meſme.
En vain ton bel eſprit, ce chef-d'œuure acheué
Sus des aiſles de feu ſe ſeroit eſleué ;
Pour ſçauoir les ſecrets qui ſont en la nature,
Et penetrer le fonds d'vne ſcience obſcure.
Si tu ne cognoiſſois que tu portes en toy
De cruels ennemis qui te donnent la loy :
Ou pluſtoſt vn tyran qui te faiſant la guerre,
Te fait viure aux enfers quand tu vis ſur la terre,
Qui t'offre vn faux plaiſir pour vn ſouuerain bien
Qui te promet beaucoup & ne te tiendra rien,
Et qui par ſon adreſſe, & ſa malice inſigne
Te veut priuer du rang dont les Dieux t'ont fait digne,
Et voudroit obſcurcir auec de faux crayons
Vn eſprit tout brillant de celeſtes rayons.
Ouy, par tes paßions & l'amour de toy-méme,
Tu t'expoſes ſouuent en vn peril extréme,
Et ne cognoiſſant pas l'art de leur commander,
Tu reçois d'eux le frein qui les doit gourmander :
Mais viens tracer icy le champ de ta victoire,
Trauailler à leur honte, ou pluſtoſt à ta gloire,

Et treuuer le moyen de ioüir d'vne paix
Que tous tes ennemis ne troubleront iamais.

ARTHEMIDORE.

Helas! ſage vieillard quoy que vous puiſsiez faire,
Ie ne crois pas dompter vn ſi fier aduerſaire,
Et ma raiſon m'apprend que contre vn tel vainqueur
Ie manque de puiſſance, & de force, & de cœur:
Car puiſque les malheurs nous doiuent rendre ſages
Ayant eſté battu par tant de grands orages,
Enduré tant de maux, & ſouffert tant d'ennuis
Ie ne devrois pas eſtre en l'eſtat où ie ſuis,
Et bien loing de cherir vne main qui me bleſſe,
Ie devrois ſeulement rougir de ma foibleſſe;
Mais pour ne vous rien taire & ne vous rien cacher,
I'ay pour mon aduerſaire vn ennemy ſi cher
Que trouuant dans ſes traits vn poiſon agreable,
Ie n'oſe m'en deffendre, & n'en ſuis pas capable,
Ie veux & ne puis pas gourmander mes deſirs:
Car s'il m'ont fait des maux ils m'ont fait des plaiſirs,
Et ſi mes paſsions m'ont cauſé de la peine,
Elles m'ont ſceu flatter

L'ENCHANTEVR.

d'vne eſperance vaine.

Ouy, tu verras dans peu par mes diuins ressorts;
Que tu suiuois vn ombre au lieu de suiure vn corps:
Mais ie voy bien qu'il faut t'instruire par l'exemple;
C'est pourquoy sans parler suis moy dedans ce Temple,
Et loing de t'estonner de ce que tu verras,
Admire qui ie suis, & ce que tu seras.
Ie vay te faire veoir des images parlantes,
Et rappeller tes sens par des ombres viuantes.
Bref: ie vais pour ton bien par mes magiques vers
Tirer pour vn moment des Heros des enfers,
Et leur faire compter l'histoire de leur vie,
Pour te faire changer de maxime & d'enuie,
Et comme les mortels ne fondent leur bon-heur
Qu'au milieu de la gloire & d'vn faux point d'honneur,
Ie vais te faire veoir vn pere miserable,
Qui se rend inhumain pour paroistre equitable:
Mais ne l'interromps point, & restant tout à toy,
Vois, escoute, & te tais,

ARTHEMIDORE.

i'obeïray,

L'ENCHANTEVR.

suy moy.

SCENE II.

On tire la toille & l'on voit vn tẽple & ses persõnages qui suiuent.

MANLIE, ARPHACE, & leur suitte.

MANLIE.

QVoy? donc il est certain; ah funeste nouuelle!
Ah pere miserable! ah fortune cruelle!
Quoy? tes discours sõt vrais; quoy? mõ fils est vainqueur,

ARPHACE.

Ouy, Seigneur,

MANLIE.

ie devois mieux connoistre son cœur,
Et sçachant quelle estoit son ardeur & son aage,
Ie ne me devois pas fier à son courage;

ARPHACE.

Ne vous affligez pas,

MANLIE.

Arphace laisse-moy,
Tu sçais bien que mon fils vient d'enfraindre la loy,
Et qu'en luy remettant des soldats soubs la garde,

Qu'il n'est iamais permis qu'vn gouuerneur hazarde,
Il a choqué les loix quand il a combatu,
Et monstré son malheur plustost que sa vertu;
Helas! que ie manquay d'esprit & de prudence,
De luy donner vn rang d'vne telle importance;
Alors que le Senat pour me combler d'honneur
Me permit en partant d'eslire vn Gouuerneur;

ARPHACE.

C'est auec grand sujet que ce combat vous fasche:
Mais s'il ne l'auoit fait, on l'auroit tenu lasche.

MANLIE.

Comment,

ARPHACE.

quand le Senat vous eust mandé vers luy
Pour receuoir vn prix,

MANLIE.

qui me pert aujourd'huy;

ARPHACE.

L'ennemy le sçachant raprocha nos murailles,
Où vostre fils fust pris pour le Dieu des batailles;

Car faiſant beaucoup plus que vous n'auez permis
Il ſortit, & chargea ſi fort les ennemis
Qu'auec le peu de gens qui partagerent ſa gloire
Il rentra triomphant ſuiuy de la victoire.

MANLIE.

Ah! c'eſt ce qui me pert & ce qui la perdu,
Car pourquoy ſortoit-il s'il eſtoit deffendu,
Ne ſçauoit-il pas bien que iamais Capitaine
N'a viollé les loix ſans en ſouffrir la peine,
Ne ſçauoi t-il pas bien que ſans commandement
On ne doit point ſortir de ſon gouuernement,
Et que vainqueur ou non ſa teſte doit reſpondre
Du pouuoir qu'il a pris afin de ſe confondre;

ARPHACE.

Il ne l'ignoroit pas; mais, Sire, à ſon malheur,
L'ennemy ſe plaiſoit d'outrager ſa valleur,
Parloit de ſa prudence en paroles moquantes,
Et luy diſoit apres tant d'injures piquantes
Et le defioit tant pour le faire ſortir,
Qu'en cette occaſion ſon ſang n'a peu mentir,
Il vouloit teſmoigner qu'il eſtoit né d'vn pere:

MANLIE.

Va, ne le flatte point, il eut tort de le faire,
Il devoit obeïr, & ne commander pas,
Il devoit consulter tout autre que son bras,
Et demeurer contant de vous faire connoistre,
Que son sang n'estoit chaud qu'alors qui le faut estre,
Il devoit s'expliquer en faisant son devoir,
Imiter la vertu que ie pouuois auoir,
Et tesmoigner enfin qu'il sortoit d'vne tige,
Qui n'enfraint point les loix ou le Senat l'oblige;
Car son honneur estoit de monstrer seulement
Qu'il gardoit du respect à son commandement,
Et que ses interests n'estoient pas receuables,
Alors que ceux du peuple estoient considerables;

ARPHACE.

Mais il la bien seruy,

MANLIE.

n'importe, il a failly;
Mais Dieux, de quel combat mon cœur est assailly;
Ie le voy qui s'approche auec toute sa suite.

SCENE

SCENE III.

MANLIE, LE FILS, ARPHACE, & leur suitte.

MALTIDE.

AH! Nature,

LE FILS.

ah, mon pere!

MANLIE.

hé bien fils sans conduite
Tu viens peut-estre icy pour estre couronné;
Mais tu te doibs resoudre à t'y veoir condamné:
Ouy, la rigueur des loix me demande ta teste,
Et malgré le Laurier que cette main t'apreste,
Cette autre doit signer l'arrest de ton trépas,
L'vne doit t'esleuer, l'autre te mettre abbas,
L'vne te doit donner vn ample recompence:
L'autre tirer raison d'vne mortelle offence,
L'vne soustient le sang, l'autre deffend la loy;
L'vne tient pour vn Pere, & l'autre pour vn Roy;
L'vne parle de peine, & l'autre de victoire:

L'vne est pour mon repos , & l'autre pour ma gloire:
L'vne est pour le Senat, l'autre reste pour toy,
L'vne deffend ma vie, & l'autre est contre moy,
Et quelque effort enfin que l'honneur puisse faire,
Quand l'vne veut ta mort, l'autre veut le contraire;

LE FILS.

Seigneur, si mon malheur vous reduit à ce poinct,
Traitez moy comme Juge, & ne m'espargnez point,
Oubliez qui ie suis, & non pas qui vous estes,
Et ne me faisant point l'honneur que vous me faictes
Puisque ie suis coupable, & que vous le sçauez,
Traittez moy seulement comme vous le deuez;
N'escoutez point le sang qui parle en ma deffence,
Escoutez vostre honneur qui parle de vengeance,
Et gardez si i'ay peu manquer à mon deuoir,
D'oublier la vertu que ie deuois auoir,
Estouffez cest instint qui vous rend pitoyable,
Domptez ces mouuemens qui vous rendroient coupable
Et monstrez en signant l'arrest de mon trépas
Plus de force d'esprit que ie n'en auois pas,
Ie ne peux m'empescher d'escouter la furie,
Empeschez vous d'oüir la pitié qui vous prie,
Faictes vous violence en vengeant mon forfait,

Et ne commettez pas le crime que i'ay fait,
Vous seriez criminel si vous estiez sensible,
Outre que c'est vouloir vne chose impossible,
Car quand vostre douceur empescheroit ma mort
La rigueur du Senat vous donneroit le tort,
Et tenant la pitié belle, & non legitime,
Elle joindroit encor vostre crime à mon crime,
Et nous mouerrons tous deux moy comme vn criminel,
Vous pour auoir failly de m'auoir iugé tel;
Et quãd nous pourrions fuir son bras comme vn tonnerre,
Nous porte roit la guerre, & par mer & par terre,
Et feroit tant enfin qu'il nous auroit tous deux,
Pour nous faire seruir d'exemple à nos neveux,
Donc pour vostre repos soyez iuste & seuere,
Ne vous souuenez plus que vous estes mon pere,
Et pour mieux oublier ce grand recentiment,
Songez que si ie meurs ce sera noblement,
Ouy, si i'ay sceu gaigner vne insigne victoire,
J'en veux gaigner vn autre en mourant auec gloire,
Et monstrer pour finir ainsi que i'ay vescu,
Que qui sçait vaincre autruy ne peut estre vaincu;
Ie ne suis pas de ceux que le trespas estonne,
Ie l'ay veu mille fois dans les champs de Bellonne;
Nager dedans le sang, & lancer contre moy,

L'Horreur & le danger, le carnage & l'effroy ;
Ie l'ay veu bien souuent en bataille rengee,
Ie l'ay veu rauager vne ville aßiegee,
Et bien loing de paslir alors qu'il approchoit,
Ie luy poussois deux traits pour vn qu'il decochoit,
Ny les fers, ny les feux, ny le sang, ny les larmes
Ne m'ont iamais troublé dans le fort des allarmes,
I'ay tousiours essuyé les plus dangereux coups,
Et fait connoistre enfin que mon sang vient de vous.
Apres cela, Seigneur, quittez vostre tendresse,
Faictes que la iustice & le trépas paroisse,
Et vous sçaurez alors mieux que par ce discours,
Que ie suis aujourd'huy tel que ie fus tousiours :

MANLIE.

Helas ! si tu sçauois ce que peut la nature,
Tu connoistrois alors combien ta mort m'est dure,
Mais ayant en horreur le crime que tu fis,
I'ay honte maintenant de t'appeller mon fils,
Außi ie ne veux plus te traitter qu'en coupable,

LE FILS.

Seigneur, si i'ay failly mon crime est excusable,
Car quoy que vous disiez d'vn semblable forfait,

Vous rougiriez pour moy si ie ne l'auois faict,
Ie ne fus criminel que de peur d'estre infame,
Et i'ayme beaucoup mieux qu'on me donne le blasme
D'auoir desobey pour auoir trop de cœur,
Que d'estre obeissant au despens de l'honneur;
La naissance m'aprit cette belle maxime,
Le sang me l'a depuis fait croire legitime,
Et les enseignemens que vous m'auez donnez,
Vous condamnent alors que vous la condamnez,
Vous m'auez fait instruire au temple de memoire,
Vous m'auez esleué dans les bras de la gloire.
Et me laissant conduire au gré de la vertu,
I'ay suiuy le chemin que vous auez battu;
Aussi vous me disiez pour me le faire suiure,
Que qui vit sans honneur est indigne de viure,
Qu'il faut quitter pour luy parens, amis, & Rois,
Et que c'est vne loy qui fait les autres loix,
Ce sont vos mesmes mots, & ie vous les repette
Non pas pour excuser l'action que i'ay faicte,
Mais pour vous asseurer qu'en ce mal que ie fis,
Vous pouuez bien sans honte aduoüer vostre fils:
N'appellez donc plus crime vne loüable enuie,
N'appellez plus vn mal la perte de la vie,
Et loing de me blasmer d'vn mouuement trop prompt

Aduoüez qu'vn grand cœur ne souffre point d'affront,
Car si nous nous perdons pour l'honneur des Prouinces,
Deuons nous moins à nous qu'au salut de nos Princes,
Qui meurt bien pour autruy peut bien mourir pour soy,
Et se seruir soy-mesme est la premiere loy,
Ouy, si nous embrassons les interests des autres,
Nous pouuons bien perir pour deffendre les nostres,
Et m'estant pour les peuples hazardé sans effroy,
Ie pouuois vn seul coup me hazarder pour moy,
Et puis i'aurois esté trop stupide & trop lasche,
Si de peur du trespas i'eus souffert cette tasche,
Car comme ie mourrois alors qu'on m'outrageoit,
Ie reuiuois aussi quand mon bras se vengeoit,
En donnant le combat i'en preuoyois l'issuë,
Et quelque affliction que vostre ame en ait euë,
Ie n'ay fait le deuoir que d'vn homme de bien,
Puis qu'enfin i'ay vangé vostre honneur & le mien;

MANLIE.

Va fils trop malheureux, va comble de misere,
Puisque l'honneur le veut, ie ne suis plus ton pere,
Ie t'abandonne aux mains du Senat qui te veut,
Ie fais ce que ie doy qu'il face ce qu'il peut,
Va, car quelque plaisir que me cause ta veuë,

Puisque tu dois mourir ta presence me tuë,
Et me faut regretter le voyant, mal-heureux,
D'auoir fait naistre vn fils qui fust trop genereux,
Oüy, ie croirois mon sort beaucoup plus fauorable,
Si i'auois vn enfant qui fust moins regretable,
Et si tant de vertus ne brilloient pas en luy,
Puisque ie suis contraint de le perdre aujourd'huy,
Ie voudrois qu'il fust lasche afin d'auoir la gloire,
D'emporter sur mon sang vne entiere victoire,
Et de mener moy-mesme vn enfant au cercueil,
Pour punir sa foiblesse & le perdre sans deuil,
Toutefois,

LE FILS.

ah, Seigneur,

MANLIE.

retire-toy de grace,

LE FILS.

Souffrez que ie vous parle, & que ie vous embrasse,

MANLIE.

Non, non, retire toy, fais ce que ie te dis,
Ie ne suis plus ton pere, & tu n'est plus mon fils,
Tu le cognois assez en voyant que i'endure,
Que le deuoir combatte auecque la nature,
Et qu'il triomphe d'elle auec si peu d'effort,

Que ie ne meure pas en resoluant ta mort,
Tu vois iusques où va cette mecognoissance,
Tu vois bien que le sang a perdu sa puissance,
Qu'il n'a plus cest instinc qui l'animoit jadis,
Que ie ne suis plus pere, & que tu n'est plus fils,
Va donc, ie ne sçaurois te souffrir dauantage,
Donne ta teste

LE FILS.

à Dieu,

SCENE IV.

MANLIE seul.

Monstre toy, mon courage;
C'est dedans cest assaut qui faut vaincre ou perir,
Et c'est toy seul qui peux me perdre ou me guerir,
Employe en ma faueur l'artifice & les charmes,
Sers toy pour mon repos de tes meilleurs armes,
Et vueille m'assister auec de prompts effets,
Puisque i'en ay besoin plus que ie n'eus iamais;
Il s'agist d'oublier un fils que la nature,
Auoit fait appeller ma viuante peinture,

Auoit

Vn fils que la vertu mettoit au rang des Dieux,
Et qui portoit vn cœur digne de ses ayeulx,
Mais, ô trop vain souhait de mon ame incensee!
Non, non, ie ne sçaurois l'oster de ma pensée!
Car bien loing d'en bannir vn objet si charmant,
Ie voudrois l'y grauer en traits de diamant;
Et puis quoy qu'il en soit son merite & sa gloire,
Le feroient malgré moy viure dans ma memoire,
Et le peindroient brillant de mille beaux rayons,
Pour affliger mon cœur par ces tristes crayons,
Tyran des gens de cœur, honneur chimere veine,
Helas! qu'en cest instant tu me causes de peine,
Puisque pour conseruer ma reputation,
Tu plonges mes vieux iours dedans l'affliction?
Quoy donc apres t'auoir tout vn siecle seruie,
Passé soubs ton drapeau le plus beau de ma vie,
Blanchy dessoubs l'armet, sué soubs le harnois,
Franchy tant de perils, & paty tant de fois;
Est-ce ainsi que tu veux me donner recompence,
Et couronner mes maux d'vne mesconnoissance,
Ingrat & lasche objet, fille de vanité,
Qui produits la folie & la temerité,
Source de la discorde, importune censuë
Qui te nourris du sang de ceux qui t'ont conceuë?

Est-ce ainsi que tu veux carresser tes amis ;
Sont-ce là les lauriers que tu m'auois promis,
Sont-ce là les douceurs dont tu flattois mon ame ;
Sont-ce là tes ardeurs & tes desirs de flâme,
Tes soings officieux, & toutes tes ferueurs,
Bref, toute ta puissance, & toutes tes faueurs,
Oüy, certes, ie voy bien que se sont tes carresses,
Ie ressens les effets de toutes tes promesses,
Et n'estant plus nourry d'vn espoir deceuant,
Ie sçais que ta nature est de celle du vant.
I'apperçois maintenant comme tu nous abuses ;
Ie receuois ton piege, & voy toutes tes ruses,
Et mon malheur m'apprend que puisque tu n'es rien,
Tu ne nous peux donner n'y causer aucun bien.
Fantosme mal-faisant toy que l'erreur des hommes,
Met au rang des vertus dans le siecle où nous sommes ;
Mal-heureux poinct d'honneur, ombre qui vis d'orgueil,
Et qui m'as fait conduire vn enfant au cercueil,
Pour obseruer tes loix & paroistre equitable,
Tu m'a faict perdre vn bien qui n'a point de semblable.
Mais tenant desormais tous espoirs superflus,
A Dieu ! maudit honneur ie ne te cognois plus.

SCENE V.

MANLIE, HARMENIE.

HARMENIE.

SEigneur,

MANLIE.

que voulez vous, releuez-vous de grace,

HARMENIE.

Mon deuoir ne veut pas que ie vous satisface,
Et puis ie viens icy pour implorer de vous.
Vne faueur qu'il faut demander à genoux,
Ie viens faire parler le sang & la iustice,

EPAMINONDAS.

Leuez vous,

HARMENIE.

puis qu'il faut que ie vous obeisse,
Ie le feray, Seigneur,

MANLIE.

parlez,

HARMENIE.

ces tristes pleurs

Parleront mieux que moy de mes iustes douleurs,
Et diront librement ce que ie n'ose dire,

MANLIE.

Parlez, ne faignez point,

HARMENIE.

souffrez que ie souspire,
Et que par ces sanglots qui m'estouffent la voix,
Ie blasme seulement la rigueur de nos loix,
Quoy, Seigneur, se peut-il qu'vne vertu farouche,
Ait fermé vostre cœur pour vous ouurir la bouche,
Se peut-il que nature ait eu moins de pouuoir,
Que des respects humains, & qu'vn foible deuoir,
Se peut-il que l'honneur vous ait rendu seuere,
Au poinct de perdre vn fils, & ce doux nom de pere,
Et ce peut-il enfin que vous ayez signé,
Le trespas d'vn enfant si sage & si bien né,

MANLIE, disant les trois premiers vers bas.

Elle pleure mon fils, & moy ie le regrette,
Mais cachons par honneur la faute que i'ay faicte,
Oüy, Madame, il se peut, & vous le pouuez veoir,
Et loing de me blasmer d'auoir fait mon deuoir,
Confessez hautement qu'il estoit raisonnable,
D'oublier vn enfant puis qu'il estoit coupable,

Car quoy que ie l'aimasse & qu'il me fust bien cher,
I'apprehendois qu'vn iour on me pût reprocher,
Que dix mille Romains par vne noble enuie,
Pour sauuer leur honneur eussent perdu la vie,
Et qu'vn homme estime de tous les gens de bien,
Eust refusé son fils pour conseruer le sien;
I'auois peur d'estre heureux de crainte d'estre infame,
En monstrant moins de cœur que n'en eust vne femme,
Et ie craignois en fin qu'ayant moins de rigueur,
On me vit preferer les plaisirs à l'honneur;
Qu'auroit dit le Senat, & le peuple qui m'aime,
Si porté de l'amour du sang, & de moy-mesme,
I'eusse terny ma gloire & mille beaux exploits,
En desobeissant le premier à ses loix,
Dequoy m'auroient seruy plus de trente ans de guerre,
Et vingt combats donnez & par mer & par terre,
Dequoy m'auroit seruy tant de dangers courus,
Les coups que i'ay donnez, & ceux que i'ay receus,
Bref, tant de beaux Lauriers, de Courõnes, & d'Armes,
Que mon sang m'achepta dans le fort des allarmes,
Si ie deshonnorois ma reputation,
Par vne pitoyable & trop lasche action;
Oüy, ie donne mon fils quand l'honneur le commande,
Et si ie possedois vne chose plus grande,

Ou que ie l'eusse encor ouy, ie le donnerois,
Et l'honneur le voulant ie l'abandonnerois;

HARMENIE.

Ah! Seigneur, ce discours que l'honneur vous suggere,
Semble plustost partir d'vn tyran que d'vn pere!
Pardonnez moy ce mot (& songez s'il vous plaist)
Que pour trop regarder vostre propre interest,
La vanité vous flatte & veut vous faire croire,
Qu'en perdant vostre fils vous sauuez vostre gloire;
Mais loing de l'escouter, ouurez vn peu les yeux,
Chassez la loing de vous, & vous conseillez mieux,
Alors vous connoistrez malgré son imposture,
Que les premieres loix sont celles de nature,
Qu'il n'est point de deuoir qui nous puisse forcer,
De perdre nostre sang & de nous offencer,
Et qu'enfin il est vray que le ciel nous ordonne,
De conseruer nos iours alors qu'il nous les donne;
Imitez-le, Seigneur, & sur l'heure ordonnez,
Que l'on sauue les iours que vous auez donnez,
Songez que vostre fils n'a commis autre crime,
Que celuy d'auoir fait en homme magnanime,
D'auoir sauué l'honneur du pays & des Dieux,
Et qu'il n'est criminel qu'estant victorieux,

De plus si le deuoir vous force de le rendre,
Vostre deuoir aussi vous force à le deffendre,
Puisque quoy qu'il en soit, c'est faire laschement;
Que de suiure des loix faictes iniustement;

MANLIE, disant les trois premiers vers bas.

Ah! Dieux que de douleur ie sens à me contraindre!
Va-t'en, maudit honneur, ie ne sçaurois plus feindre,
Tu m'as faict trop souffrir, non, non, ie veux parler,
Madame, apres ces mots, ie ne vous puis celer
Que i'ay, quoy, i'ay dit vn sentiment contraire,
Que ie me deguisois, & qu'en fin ie suis pere,
Que l'honneur me forçoit de cacher ma pitié:

HARMENIE.

Donc par ce nom de pere, & par nostre amitié,
Par le nœud qui nous joint, par tous vos grands seruices,
Par ces marques d'honneur ces nobles cicatrices,
Bref, par ces cheueux gris, ceste grace, & ce port,
Desgagez vostre fils des prisons de la mort,
Enuoyez promptement,

MANLIE.

ie le veux, que l'on aille.

SCENE VI.

MANLIE, HARMENIE, ARPHACE, IPSICRATE. ARPHACE voyant venir Ipsicrate.

AH! Sire, c'est en vain qu'vn remord vous trauaille,

MANLIE.

Hé! quoy mon fils est mort,

IPSICRATE.

ouy, Sire, s'en est fait,
Le Senat est contant, le peuple satisfait,
Car ayant par honneur fait couronner sa teste,
Que pour estre tranchée il tenoit toute preste,
Estant au pieds des murs vn fer en vn moment
A fait cheoir ce beau corps dedans le monument.

MANLIE.

Ha! maudit poinct d'honneur,

HARMENIE.

il n'en peut plus, il tombe,
Soubs de si grands ennuis ma constance succombe,

ARPHACE.

O malheur sans pareil!

IPSICRATE.

ô spectacle nouueau;

HARMENIE

Porte moy sur mon lit, & du lit au tombeau.

Fin du premier Acte.

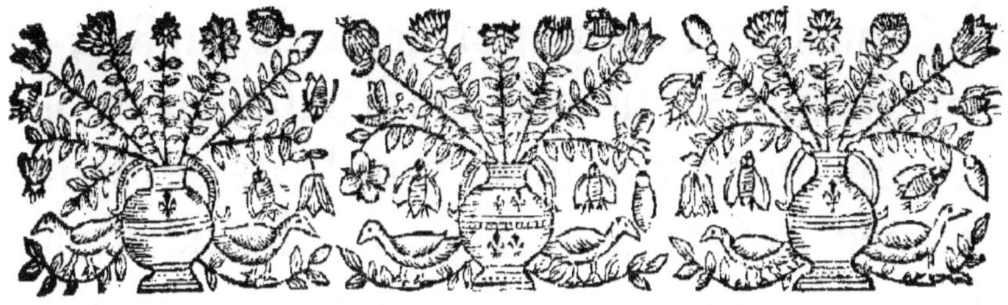

ARGVMENT DV SECOND ACTE.

ARthemidore ayant veu repreſenter l'Hiſtoire de Manlie demeure eſtonné, mais l'Enchanteur l'ayant aduerty qu'il ſe preparaſt de veoir d'autres merueilles, luy promet de le guerir de l'ambition dont il eſtoit preoccupé, & le faict entrer aux meſmes lieux où il auoit veu le premier ſpectacle. Lors l'on voit entrer Pharaſmane Roy d'Hyberie, qui dit pour quelles raiſons il aſſiegeoit ſon frere Mithridate Roy d'Harmenie, & declare à ſon confident que ſon fils Radamiſte auoit vn ambition ſi puiſſante qu'il luy auoit declaré qu'il vouloit ſon Eſtat, & que ne voulãt pas le priuer de vie; il luy auoit promis de luy faire auoir la Couronne de ſon frere, mais que voyãt qu'il ne se contenteroit pas de son Royaume, & qui le traiteroit auec toute rigueur; il se repentoit de ce qu'il auoit fait. Lors le Fils entre auec le Gouuerneur de la ville où estoit Mithridate, qui promet de la liurer : & le pere s'y voulant opposer, le fils transporté d'ambition luy parle mal à propos, & l'oblige de l'abãdonner : lors le fils donne ordre qu'entrant dãs la ville auec le Gouuerneur on passa tout par le fil de l'espée, & quelque temps apres luy venãt dire que ses gens sont entrez dans la ville, mais que Mithridate s'est sauué dans vn Chasteau qui peut tenir cinq ou six iours, il enuoye leur dire qu'il se rende, & qui le garentiroit de fer & de poison, & le tenant en sa puissance, il le fait estouffer; mais aussi tost la iustice Diuine agissant, vne rage s'empare de son ame & le jettant dans vn horrible desespoir, il se frappe de son espée, & monstre que cette ambition estant pernicieuse traine apres soy ce malheureux effets qui ne peuuent iamais dementir leurs causes.

ACTE II.

SCENE PREMIERE.

L'ENCHANTEVR, ARTHEMIDORE.

L'ENCHANTEVR.

RAppelle ton eſprit, tes yeux & tes oreilles;
Et bien loing d'admirer de communes merueilles,
Reconnoy maintenant comme ce faux honneur
Ne nous peut apporter, ny plaiſir, ny bon-heur,
Que c'eſt vn ennemy qui farde ſa malice,
Qui rend ſes Courtiſans les eſclaues du vice,
Et qui luiſant touſiours d'vn eſclat emprunté,
Esbloüit noſtre eſprit & le rend hebeté,
Qu'il plonge tous nos iours dedans l'inquietude,
Et qu'enfin le vray bien n'eſt que dedans l'eſtude:
Oüy, c'eſt en deſcouurant mille ſecrets diuers
Que l'on peut poſſeder tout ce vaſte vniuers,

Et qu'aprofondiſſant la nature des choſes
On peut par les effets monter iuſques aux cauſes
Cognoiſtre tous les corps dont l'on puiſſe parler,
Veoir pourquoy la matiere eſt moins pure que l'air,
Et paſſant plus auant par vn vol tout de flâme
Apprendre pourquoy l'air n'eſt pas pur comme l'ame,
Pourquoy l'intelligence a tant de dignité
Que l'ame n'en a pas à ſon égalité,
Et recognoiſtre enfin par la diuine eſſence,
Vn eſtre encore plus pur que n'eſt l'intelligence.
Sçauoir quel eſt l'eſprit qui regit ce grand Corps
Qui le fait ſubſiſter par de diuins accords,
Comme il ſceut faire vn tout de contraires parties
Calmer les Elemens en leurs anthipaties,
Regler l'Aſtre du iour dans ſes douze Maiſons,
Adjuſter la Nature, & l'ordre des ſaiſons,
Semer d'Aſtre, les Cieux, les remplir d'influence,
Accorder leur effets auec ſa preſcience,
Confondre ſon pouuoir auecque ſa bonté,
Et former l'vnion de la diuerſité:
Ce ſont là les plaiſirs d'vn ame non commune
Qui ne redoute point les coups de la fortune,
Qui cognoiſt ce qu'elle eſt, qui triomphe du ſort,
Qui n'aime point la vie, & ne craint point la mort;

Mais comme ces chemins ſont d'abord difficilles,
On n'y voit point d'eſprits qui ſoient mols & ſeruilles,
Il faut ſe ſçauoir vaincre & châque paſſion,
C'eſt pourquoy viens encor d'ompter l'ambition,
Et veoir comme ſon feu tyranniſe les hommes.

ARTHEMIDORE.

Miracle des eſprits & du ſiecle où nous ſommes,
C'eſt par trop m'obliger,

L'ENCHANTEVR.

ie voudrois faire plus;
Mais ſans nous amuſer en diſcours ſuperflus,
Viens veoir comme le fils veut attaquer le pere,
Le nepveu perdre l'oncle, & le frere ſon frere,
Et comme cette laſche & folle ambition,
Rompt vne naturelle & ſaincte affection:
Allons, c'eſt trop parler, l'heure preſſe & s'aduance,
Entrons dedans ce Temple, & garde le ſilence.

SCENE II.

PHARASMANE PHILOCTATE.

PHARASMANE.

PVis que tu veux sçauoir d'où prouient ma tristesse,
Et qu'il faut malgré moy te tenir ma promesse,
Voy si nous sommes seuls, & prens aussi le soing
De visiter ma garde & la posant plus loing,
D'aduertir dessus tout mon premier capitaine
Qu'il ne laisse passer, ny mon fils, ny la Reyne,
Ny pas vn officier que quand ie le diré:
Va, tu m'obligeras,

PHILOCTATE.

ie vous obeyré:

PHARASMANE, seul.

Infame ambition, seul tyran de ma vie,
Qui m'as soufflé dans l'ame vne maudite enuie,
Et qui m'as fait reduire vn frere au dernier poinct,
Cesse de m'aueugler & ne me parle point,
I'ay suiuy tes conseils, ie ne les veux plus suiure,

Et ie veux qu'aujourd'huy la raison m'en deliure,
Mais ie voy Philoctate ! hé bien,

PHILOCTATE.

l'ordre est donné !

PHARASMANE.

Escoute donc parler vn Prince infortuné,
Tu sçais bien que mon frere est dedans ceste place :
Tu sçais que ie l'aßiege, & qu'il attend ma grace !

PHILOCTATE.

Ouy,

PHARASMANE.

mais tu ne sçais pas que c'est l'ambition
Qui fait que i'ay commis cette infame action.
Sçache donc que mon fils voulant vne couronne
La vouloit acheter par ma propre personne,
Et que noir attentat secretement conceu
M'alloit priuer du iour si ie ne l'eusse sceu,

PHILOCTATE.

Ce discours me surprend,

PHARASMANE.

escoute vn peu le reste,
Voulant donc étouffer vn dessein si funeste
Ie fais tant par douceur qu'il se declare à moy,
Me disant toutefois qu'il vouloit estre Roy,

Que quoy qu'il eust horreur d'vne action semblable,
Il ne pouuoit dompter vn desir indomptable,
Et que si ie voulois me mettre en seureté
Il falloit le priuer du bien de la clarté.
I'eus beau luy remonstrer quelle estoit cette rage,
Ie vis que mes raisons l'aigrirent d'auantage,
Et qu'il falloit enfin puis qu'il vouloit reigner,
Le contenter, ou bien ne le point espargner,
Lors le sang m'obligeant à ne m'en point deffaire,
Ie sortis de l'orage en y poussant mon frere,
Et pour me conseruer ie conclus & promis
De luy rauir le Sceptre, & d'assister mon fils:
Lors treuuant vn moyen de declarer la guerre,
I'entre comme vn torrent dedans sa propre terre,
I'y plante mes Lauriers auec mes pauillons,
Et ie la fais trembler dessous mes bataillons:
Ie gaigne ses sujets & ses meilleures villes,
Chacun court dans mes bras comme dans des azilles,
Et toute l'Armenie ayant peur de perir
Le quitte laschement n'osant le secourir,
Maintenant i'ay pitié des maux qu'on luy prepare,
Et connoissant mon fils, & cruel & barbare,
Ie crains l'euenement de cette trahison,
Et voudrois le punir de mort ou de prison,

Mais

Mais ie ne le puis plus, car mes meilleurs gens-darmes
Charmez par le pillage, & le ſuccez des armes,
Le voyant liberal ſe declarent pour luy,
Et ne ſouffriroient pas qu'il perit auiourd'huy
Iuge de mon malheur,

PHILOCTATE.

ie plains voſtre diſgrace;

PHARASMANE.

Mais i'apperçois quelqu'vn, approchons de la place,
Ie croy que c'eſt mon frere, & ie dois auiourd'huy
Le veoir & luy parler, & approchons c'eſt luy.

SCENE III.

PHARASMANE, MITRIDATE, PARTHENIE, PHILOCTATE

MITRIDATE au haut d'vne Tour.

Pharaſmane aduancez, non pas comme aduerſaire,
Mais cõme vn ſage Prince ou pluſtoſt cõme vn frere,
Souffrez que la pitié vous conduiſe en ces lieux
Pour plaindre ma fortune en voyant ces beaux yeux;
Ce ſont eux qui plus forts que le Dieu des batailles

M'ont conduit pour vous veoir du haut de ces murailles,
Qui m'ont osté le cœur & m'ont donné la voix
Pour vous prier encor pour la derniere fois :
Ouy, ce n'est que l'amour qui parle par ma bouche,
Et vous pouuez bien veoir par l'ennuy qui me touche
Que ce n'est point pour moy les discours que ie fais,
Puisque i'ay trop de cœur pour vous prier iamais ;
Vous sçauez que ie suis d'vn sang & d'vne race
Qui ne sçait comme il faut demander vne grace,
Qui ne veut que sa main pour guerir ses douleurs,
Et qui respand son sang bien plustost que des pleurs :
Escoutez donc l'amour qui par ces belles larmes
Vous commande auiourd'huy de mettre bas les armes,
De quitter cette place, & d'y laisser la paix,
Pour les iniustes maux que vous nous auez faits,
Aussi bien si les Dieux secondent mon enuie :
Vous ne l'aurez iamais qu'en m'arrachant la vie,
Ie vous feray souffrir cent maux auparauant,
Et vous serez encor plus de trois ans deuant,
Car ces murs sont trop bons pour en voir les ruines,
Et deux cens magazins de bleds & de machisnes,
Et des amas d'argent & des cœurs preparez
Vous cousteront du sang plus que vous n'esperez.

PARTHENIE.

Ha! Seigneur, terminez cette fatalle guerre:
Sauuez, & vostre honneur, & cette propre terre,
Et songez que le sang veut que vous protegiez
Vn frere qui vous aime & que vous aßiegiez,
Ie parle ainsi Seigneur, car ie ne sçaurois croire
Que vous vouliez poursuiure vne telle victoire,
Et qu'apres ce discours plus iuste qu'eloquant,
Vous ne quittiez bien-tost le tiltre d'attaquant:
Car de grace obseruez ce que vous voulez faire,
Et si vous desirez la mort de vostre frere,
Songez quel est Seigneur, celuy que vous perdrez
Si vous voulez ses biens pourquoy vous les prendrez,
Et pouuant enchaisner vn Monarque si braue,
Si vous endurerez qu'on le traite d'esclaue:
Non, c'est deshonnorer, & vous, & vos ayeux,
Et vous priuer außi d'vn rang entre les Dieux,
Vostre rare vertu vous a faict adorable,
Vostre insigne valleur vous rend incomparable,
Et cent perfections pressent vostre bonté
De ne vous pas frustrer de l'immortalité,
Donc par ce mesme sang dont vous voulez la perte,

MITRIDATE.

Par ces beaux yeux moüillez par leur peine soufferte,

PARTHENIE.

Par l'honneur,

MITRIDATE.

par l'amour,

PARTHENIE.

par ces pleurs & par vous:

MITRIDATE.

Protegez ma moitié,

PARTHENIE.

conseruez mon espoux,

PHARASMANE.

Madame, ie voudrois qu'il fust en mon poßible,
Mon frere connoistroit combien ie suis sensible,
Mais dedans vos malheurs dont ie ressens les coups,
Ne pouuant rien pour moy ie ne puis rien pour vous;
Ie sçay que vous direz que ie puis comme pere
Commander à mon fils de respecter mon frere,
Mais sçachez qu'en l'estat où ie suis aujourd'huy
Ie n'ay plus de pouuoir sur les miens n'y sur luy,
Il est ce que i'estois, & dedans cette terre
Il dispose à son gré de tous mes gens de guerre,
Il peut tout ce qu'il veut, & son ambition
Le rend sans iugement & sans discretion,

Aux despens de son sang il veut vne couronne
La deut-il acquerir par ma propre personne,
Et s'il ne vous ostoit le Sceptre de la main,
Il m'osteroit le mien peut-estre des demain:
Aussi reconnoissant cest esprit sanguinaire,
I'ay honte d'auoir fait tout ce qu'il m'a fait faire,
I'ay regret maintenant de l'auoir assisté,
Puis qu'il vse si mal de mon authorité,
Et qu'il n'employe enfin mon pouuoir & mes armes
Qu'afin de me couster & du sang & des larmes:
Ouy, certes si i'estois en l'estat de iadis,
Ou que ie peusse encor m'asseurer de mon fils,
Bien loing de satisfaire à sa brutalle enuie,
Sa mort ou sa prison asseureroient ma vie,
Et vous garentiroient des maux où ie vous voy,
Mais cela ne se peut,

MITRIDATE.

hé! iustes Dieux, pourquoy
Authorisastes-vous vn siege illegitime,
Pourquoy l'aidastes vous,

PHARASMANE.

il deguisa son crime;

Et ſe pleignant à moy d'vn mauuais traictement,
M'obligea d'en monſtrer quelque recentiment,
Et me perſuada de venir en perſonne
Pour venger vn affront,

MITRIDATE.

pour m'oſter la Couronne;
Mais ie ne me plains point de cette trahiſon,
Puiſque dans peu les Dieux m'en feront la raiſon.

Il s'en va tout en colere.

PHILOCTATE.

Sire, le Prince attend,

PHARASMANE.

où

PHILOCTATE.

dedans voſtre tente,

PHARASMANE.

Qu'il entre & plaiſe aux Dieux que l'ingrat me contente:
Oüy, prions pour mon frere, ô procedé nouueau?

SCENE IV.

PHARASMANE, PHILOCTATE, RADAMISTE, PHILON, ORCAS.

RADAMISTE.

ENfin nous le tiendrons ce ſuperbe chaſteau
Sans combler ſes foſſez, n'y ſapper ſes murailles,
Et ſans verſer du ſang ou veoir des funerailles:
Oüy, Sire, il eſt à nous,

PHARASMANE.

il eſt à nous, comment,

RADAMISTE.

Conſiderez, ceſt homme & ces clefs ſeulement,

PHARASMANE.

Ceſt homme, quel eſt-il,

RADAMISTE.

il fuſt à voſtre frere,
Mais laſſé de ſeruir ſans auoir de ſalaire,
Il promet de liurer la place en vn moment
Si ie veux l'honnorer de ſon gouuernement:

PHARASMANE.

Qu'auez-vous resolu,

RADAMISTE.

de le bien reconnoistre.

PHARASMANE.

Mon fils, c'est trop donner aux seruices d'vn traistre:
Non, non, considerez sans vous tant emporter,
Que s'il quitte son Prince il vous pourra quitter,
Que la foy qu'il vous donne est vne foy trahie,
Et qu'il vous traittera comme il faict sa patrie:
Ne vous hastez point tant calmez ce sang qui bout,
Ne precipitez rien, le temps ameine tout,
Ie sçay que c'est aduis qui donne la prudence,
Choque vostre ieunesse & vostre impatience,
Ie sçay que vostre esprit ne veut croire que soy,
Qu'il abonde en son sens, & se cache de moy;
Mais souffrez qu'auiourd'huy,

RADAMISTE.

ie souffriré tout, Sire,
Quand vous adhererez à ce que ie desire,
Et lors que vous voudrez ce que i'auray voulu
Aussi bien ce dessein est vn poinct resolu,
Et prenant aux cheueux l'occasion presente,

Si le

Si ie regne vn moment i'auray l'ame contente,
Vn homme genereux ne reçoit point d'effroy,
Et se rit des dangers quand il peut estre Roy,
Il ne veut point preuoir le mal qui le tallonne,
Et se tient trop heureux d'auoir vne Couronne;
Aussi quoy qu'il arriue on me verra demain
Le Laurier sur la teste, & le Sceptre à la main,
Et n'importe, qu'apres,

PHILON.

Seigneur, que vostre Altesse
Ne craigne rien de moy,

PHARASMANE.

quoy donc ame traitresse,
Oze-tu dementir les discours que ie tiens,
Oze-tu deuant moy corrompre ainsi les miens,
Oze-tu te vanter du coup que tu vas faire,
Oze-tu me parler d'auoir trahi mon frere,
Et par des actions pleines de lascheté:
Veux-tu nous asseurer de ta fidelité,
Veux-tu que l'on te traicte en homme magnanime,
Par ce que tu promets de te noircir d'vn crime,
Monstre d'ambition, va lasche, sors d'icy,

RADAMISTE arrestera Philon.

Il n'en sortira pas que ie n'en sorte aussi,

PHARASMANE.

Vous parlez en ieune homme, & l'ardeur vous transporte,

RADAMISTE.

Je parle comme il faut,

PHARASMANE.

vous m'offencez,

RADAMISTE.

n'importe,
Ie sçay que ie vous dois le respect & l'honneur,
Mais vous ne deuez pas empescher mon bon-heur,

PHARASMANE.

Vous vous mesconnoissez,

RADAMISTE.

si cela pouuoit estre,
Ie me mesconnoistrois pour vous trop bien cognoistre,
Ie ne le celle point,

PHARASMANE.

insolent, souuiens-toy
Que tu n'es que mon fils, & que ie suis ton Roy:

RADAMISTE.

Oüy, ie me souuiendray que vous estes mon pere;
Mais quand i'auray demain le Sceptre que i'espere
Ie ne connoistray plus de souuerain que moy,
Et vous vous souuiendrez de n'estre plus mon Roy,

PHARASMANE bas en se promenant.

Ie voulois le prier pour le repos d'vn frere,
Mais ie ne puis icy retenir ma colere,

RADAMISTE bas à Orcas.

Orcas en attendant que son feu passera,
Sortez auec Philon, faictes ce qu'il dira,
Prenez mil des miens pour ioindre à ces deux mille
Que i'auois faict armer pour entrer dans la ville
Qu'ils y portent la mort de l'vn à l'autre bout,
Qu'il pillent tous les biens, & qu'ils s'accagent tout;

PHARASMANE bas en se promenant.

Non, ne le prions point, & quoy qu'il en aduienne;
Parlons luy librement que rien ne nous retienne:
Oüy, c'est trop se contraindre, il est temps d'esclatter:
Traistre, ie t'apprendray de me si mal traitter,
Et tu verras dans peu, quoy que ton cœur me braue,
Que ie puis si ie veux te faire moins qu'esclaue,
Tu veux trancher du grand, mais de grace, dis moy
Qui t'a donné les gens qui sont dessous ta loy,
Qui t'a donné les biens dont ta Cour est suiuie,
Qui t'a donné le sang, qui t'a donné la vie:
Bref, qui t'a donné tout apres, si ce n'est moy,

Ie ne me diré plus ton pere, n'y ton Roy;
Mais ce resonnement ne sert qu'à te confondre,
Et tu ne respons rien n'ayant rien à respondre :
Dis qui t'a faict si grand,

RADAMISTE.

c'est mon ambition:

PHARASMANE.

Va, lasche, dis plustost mon indiscretion,
Ie voulus conseruer mes biens & ma couronne
Par d'infames moyens dont le succez m'estonne;
Mais loing de contenter ce cœur ambitieux,
Ie ne suis que l'horreur des hommes & des Dieux,
Ah! si i'estois encor ainsi que ie souhaitte,

RADAMISTE.

Ne souhaittez plus rien puisque la chose est faicte,

PHARASMANE.

Ne me replique point, va loing de mon aspect
Apprendre comme il faut me porter du respect,
Apprendre ton deuoir, c'est ce que ie t'ordonne;
Mais reuiens mon honneur, veut que ie t'abandonne,
Et que m'ayant rendu si triste & mescontant,
Ie face mon deuoir moy-mesme en te quittant:
Ouy, ie dois pour punir ton impudence insigne,
Te rauir ma presence en t'en iugeant indigne,

Et ne te tenant plus pour mon fils desormais,
Ne te veoir, ne t'oüir, ne te parler iamais:
Adieu dans peu le ciel armera sa tempeste
Pour secher les Lauriers qui vont cindre ta teste,
Et t'enuoyer les maux que tu nous fais souffrir.

SCENE V.

RADAMISTE restant auec sa suitte.

HE bien! nous perirons quand il faudra perir,
Ie prepare mon ame aux plus rudes tempestes,
Que le ciel en couroux verse dessus nos testes,
Et ie tiendray mon sort aussi noble que beau,
Si ie fais en tombant d'vn trône mon tombeau,
Rien ne m'empeschera d'enuahir vn empire,
Et d'auoir par la force vn bon-heur où i'aspire,
Ie me ris des malheurs qu'vn resueur me predit,
Et loing de reflechir dessus ce qu'il m'a dit,
Estimant ses discours ennemis de ma gloire,
Ie les veux pour iamais bannir de ma memoire.
Oüy, mon cœur poursuiuons & sans nous estonner,
Ne parlons que de vaincre & de me couronner,

De signaler mon nom par l'esclat de mes armes
D'achepter mon repos par du sang & des larmes,
Et monstrer en rengeant vn peuple soubs ma loy,
Que ie donne la crainte & n'en ay point pour moy.

SCENE VI

RADAMISTE, ORCAS.

RADAMISTE.

H*E bien!*

ORCAS.

Sire, vos gens sont entrez dans la ville,
Dont Philon a rendu la conqueste facile;
Mais le Roy s'est sauué dans l'vne de ses tours,
Qui peut tenir encor plus de cinq ou six iours,
Il se rendra pourtant si vostre courtoisie
Luy veut donner sa femme, & luy laisser la vie
En les gardant tous deux de fer & de poison,

RADAMISTE.

Que pretendent-il donc,

ORCAS.

l'exil où la prison,

RADAMISTE.

Hé bien! va leur promettre, & ſur cette aſſeurance
Qu'ils viennent de ce pas impoſer ma clemence,
Demeure: mon repos demande leur treſpas,
Promets leur toutesfois, ie ne leur tiendray pas.

ORCAS.

Vn Prince, comme vous doit tenir ſa parole,

RADAMISTE.

Orcas, cette maxime eſt vn diſcours friuole,
Ie les garderé bien du poiſon & du fer,
Puis que mon deſſein eſt de les faire eſtouffer:
Va leur promettre donc tout ce qu'ils me demandent,
Traitte les doucement, & fait tant qu'ils ſe rendent;
Mais quand tu les tiendras, fais ainſi que ie veux,
Que l'vn de tes ſoldats les eſtouffe tous deux!

ORCAS.

Cruel commandement, Sire,

RADAMISTE.

point de replique.

SCENE VII.

RADAMISTE seul.

VA viste, c'est ainsi qu'vn conquerant s'explique,
Il doit par la rigueur appuyer ses projets,
Et loger la frayeur au sein de ses sujets,
C'est cõme il se maintient: mais Dieux, quelles maximes
D'establir son repos en commetant des crimes :
Certes, quoy que ie sois cruel au dernier poinct,
Ie sens mille remords qui ne me quittent point,
Et logeant vn boureau dedans ma conscience,
Si i'ay quelques plaisirs, ce n'est qu'en apparence,
Ie fains d'estre tranquille alors que ie combats
Ie tesmoigne du cœur lors que ie n'en ay pas,
Et mon ambition est si forte & si grande,
Que souuent ie me ris de ce que i'apprehende.
Pour posseder vn Sceptre, & me voir adoré,
Ie fais les actions d'vn cœur denaturé,
Ie violle ma foy, ie procede en infame,
Ie mesprise l'honneur, & fais ce que ie blasme,

Mais

Mais außi tost apres vn desplaisir secret
Faict que ie me condamne, & que i'en ay regret,
Oüy, mon ambition m'ordonne que ie feigne,
Et que ie sois ioyeux alors que mon cœur seigne:
Infame pasion, mere de mes forfaits!
Et qui m'as suscité tant d'infames souhaits,
Ie voudrois maintenant auoir eu la puissance
De te donner la mort au poinct de ta naissance,
Puis qu'aujourd'huy tes feux se sont rendus si grands
Qu'ils m'ostent le courage & font que ie me rends,
Et qu'il charment mes sens par de telles amorces
Que ie me treuue foible au milieu de mes forces.

SCENE VIII

RADAMISTE vn PAGE.

LE PAGE.

Sire, ie venois dire à vostre Majesté,
Qu'Orcas,

RADAMISTE.

hé bien! mon ordre est-il executé.

LE PAGE.

Sire, dans vn moment ie croy qu'il le doit estre,
Car quand ie suis sorty par l'ordre de mon maistre
Pour vous donner aduis qu'il auoit pris le Roy;
J'ay veu desia mourir sa femme deuant moy,
Et l'on se preparoit d'estouffer ce Monarque,
Qui sans doute a payé le tribut à la parque.

RADAMISTE.

Quel soudain changemēt? quel trouble & quelle horreur,

Se coullant dans mon ſang allantit ma fureur:
Paſſe dans mon eſprit, altere mon viſage,
Me dérobe à moy-meſme & m'oſte le courage,
Quels ſont ces mouuemens, quelle eſt ceſte douleur,
Quel Demon me pourſuit, & quel eſt mon malheur;
Que ſçay-je, qu'ay-je fait, que ſçay-je que feray-je,
I'ay tout ce que ie veux, hebien! que deuiendray-je;
Oüy, Prince trop cruel, enfin eſt tu contant,
Si le meurtre eſt ſi doux, & qu'il te plaiſe tant,
Il ne te reſte plus que de tuer ton pere,
Puiſque tes cruautez ont eſtouffé ſon frere,
Sa femme, ſon enfant, ſes parens & les tiens;
Et pillé ſans ſujet leurs terres & leurs biens;
Pourſuis, choque les Dieux, les Loix & la Nature:
Acheue de ton ſang cette horrible peinture,
Et pour mieux contenter tes deſirs enragez,
Mange le cœur des tiens les ayant eſgorgez;
Mais d'où vient ce remords & cette inquietude,
D'où vient ce changement & cette promptitude,
Et d'où vient que mes yeux d'vn nuage couuerts
Presques en vn moment ſe ſont trouuez ouuerts;
L'as il n'eſtoient fermez que par mon ignorance,
Ils ne ſont deſſillez que par l'experience,
Et c'eſt en poſſedant ce que ie deſirois,

Que i'y voy des deffauts plus que ie n'esperois,
I'auois creu que les Roys releuants seuls d'eux-mesmes,
Ne recognoissoient plus de puissances supresmes:
I'auois creu mes plaisirs où ie voy mes liens,
Et i'auois pris des maux pour de souuerains biens.
Infame ambition, ah! desespoir, ah! rage,
C'est ce coup qu'il faut enflammer mon courage,
Et que ce fer m'ostant du nombre des tyrans:
Venge auec mes ferfaits la mort de mes parens?
Pousse, respans ton sang, mesprise ta conqueste?
Deschire les Lauriers qui couronnent ta teste,
Et monstre en te perçant de mille coups mortels,
Que le Ciel tost ou tard frappe les criminels,
Et que tousiours son bras armé pour la iustice
Couronne la vertu comme il punit le vice.

Fin du second Acte.

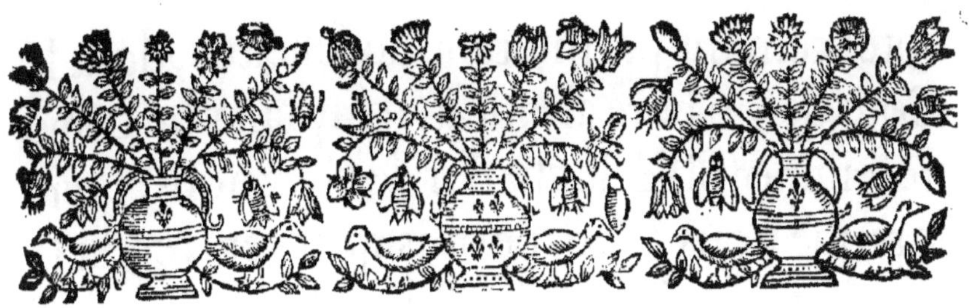

ARGVMENT DV TROISIESME ACTE.

ARthemidore ayant veu les mal-heureux effets qu'auoit produit l'ambitiõ en la personne de Radamiste, est touché viuement : & faisant reflexion dessus luy-mesme se resout pour exempter sa vie des mal-heurs dont elle le menassoit de dõner la mort à cette Passion, mais l'Enchanteur sçachant que l'amour qui le tyrannisoit n'auoit pas sur son esprit vn moindre empire que l'ambition le fait entrer dans le Temple & luy faict veoir les violences où c'est autre passion le reduiroit par l'exemple d'Antioque fils de Seleuque, lequel estant deuenu passionnemẽt amoureux de Stratonice sa belle mere en perdoit le repos, & le iour & la nuict, & ne goustoit aucun cõtentement parmy tant de felicitez, dont la Cour de son pere abõdoit. Il luy fait voir cõme il est impossible de chasser de chez nous ce tyrã lors que nous auons permis qu'il s'en rendit le maistre, & qu'il faut des l'abord le repousser si l'on veut triõpher, & n'ẽ point estre vaincu: il luy mõstre ce malheureux amant qui se descouure à celle qu'il aimoit le plus respectueusement qu'il pouuoit, mais s'en voyant traicté rigoureusement, & croyant qu'elle s'en plaindroit à son pere, il se resout de sortir de la vie plustost que de se repentir de son amour: & son Medecin l'estant venu trouuer luy confirme encor l'opinion qu'il auoit qu'elle l'auoit dit à son pere, ce qui l'oblige à le chasser seuerement, & se voyant seul se met en estat de mourir, car rompant la pareil qu'il portoit sur vne blessure qu'il auoit au bras il tombe en vne foiblesse, & monstre à quelle extremité l'amour des-honneste nous reduit lors que nous n'auons pas la force de nous deffendre de ses coups, & que nous abandonnons nostre ame, à ce montre qui se sert de l'image de la beauté, pour nous seduire & pour nous perdre.

ACTE III.

L'ENCHANTEVR, ARTHEMIDORE.

ARTHEMIDORE.

OVy, ie reconnois bien que cette ambition
Ne nous peut apporter que de l'affliction,
Que nous nous abusons d'y fonder nostre attente,
Et que c'est vne mer où reigne la tourmente,
Qu'vn vent impetueux esmeut à tous propos,
Et qui ne peut donner ny plaisir ny repos.
Ie sçay qu'elle nous perd quand elle nous carresse,
Ie sçay qu'elle est flatteuse autant qu'elle est traistresse,
Et que pour nous contraindre à suiure ses appas
Elle flatte nos cœurs des biens qu'elle n'a pas,
L'exemple que i'ay veu m'en donne vn tesmoignage

L'ENCHANTEVR.

Par les malheurs d'autruy tâche à te rendre sage,

Et pour bien employer le reste de ce iour,
Viens dans ce temple encor triompher de l'amour
De ce eruel tyran, dont les puissantes flammes
Eblouïssent nos yeux & surprennent nos ames,
De ce Dieu fabulleux qui trouble la raison,
Et de qui les douceurs sont pleines de poison;
Viens veoir comme il abbat le plus malle courage,
Comme il entre en nos cœurs soubs vne fausse image,
Et comme en abusant du nom de la beauté;
Il triomphe aisément de nostre liberté;
Comme il rend à son gré nostre perte facile
Monstrant le delectable, & l'honneste & l'vtile,
Et comme il nous promet mille contentemens
Pour nous faire mourir au milieu des tourmens;
Arme-toy, viens combattre & viens encor apprendre
Que qui luy cede vn coup ne s'en peut plus deffendre,
Mais que qui luy fait teste & resiste vne fois
Est exempt pour iamais des rigueurs de ses loix;
Tu vas voir vn enfant qui sans respect d'vn pere,
Ne se peut empescher d'aimer sa belle mere,
Qui languit & qui meurt, mais entrons il est temps.

ARTHEMIDORE.

Ie veux ce qui vous plaist, & mes vœux sont contens.

SCENE

SCENE II.

ANTIOQVE seul sur vn lict.

ENfin ie me voy seul & las de me contraindre,
Ie puis en liberté souspirer & me plaindre:
Ie puis m'entretenir auecque mes douleurs,
Et moderer mon feu par des ruisseaux de pleurs;
Ie puis loing de mes gens, dont le soing m'importune
Reflechir librement dessus mon infortune,
Veoir des yeux de l'esprit l'object qui la causa,
Adorer dans mon cœur celle qui l'embrasa,
Et soulager mes maux par la triste pensée,
De ces aimables traits dont mon ame est blessée,
Malheureux Antioche, helas! pourquoy vis-tu,
Ce modelle parfaict de grace & de vertu,
La belle Stratonice à qui tout est possible,
Ou bien en la voyant pourquoy fus-tu sensible;
Que ne resistois-tu comme tu le pouuois,
Que ne l'oublioís-tu puisque tu le deuois,
Que ne t'efforçois-tu d'esteindre cette flâme,
Pourquoy malgré l'honneur luy donnois-tu ton ame,

Et que ne montrois-tu; mais Dieux tu la voyois,
Et quand pour l'oublier apres tu la fuyois,
Ie ſçay bien que ton œil qui l'auoit regardée
Portoit dans ton eſprit cette agreable idée,
Et grauoit dans ton cœur exempt de paſsions
Le portraict accomply de ces perfections,
Non, tu ne pouuois pas ſonger à te deffendre
La beauté te preſſoit, la vertu te fit rendre;
Et ſi l'on peut nommer tous tes feux criminels,
Ce n'eſt que dans ton cœur qu'ils ſe ſont rendus tels,
D'abord ils eſtoient ſaincts autant que legitimes,
Et ce ſont tes deſirs qui les ont fait des crimes.
Oüy, tu pouuois la voir & n'en rien eſperer,
Tu pouuois la ſeruir, tu pouuois l'adorer,
Tu pouuois contenter tes yeux & tes oreilles,
En te laiſſant charmer par ſes rares merueilles:
Bref, tu pouuois ſonger à ſon affection,
Mais non pas aſpirer à ſa poſſeſsion:
Car elle eſt à ton pere, & quoy qu'elle ſoit belle,
L'honneur te deffendoit de ſouſpirer pour elle,
Outre que ſes deſdains te deuoient enſeigner,
Qu'elle ne te verroit que pour te deſdaigner;
Et qu'eſtant vertueuſe autant qu'elle eſt aimable,
Elle te hairoit en te voyant coupable:

Mais ô Dieux! ie m'abuse, & ce raisonnement
Ne pouuoit pas partir de l'esprit d'vn Amant:
Car pouuois-je preueoir qu'elle seroit cruelle,
Lors que ie la voyois, & si douce & si belle,
Et pouuois-je sçauoir que mon pere l'aymoit,
Quand ie ne sçauois pas que mon cœur s'enflâmoit,
Et que mes sens troublez, & que mon ame esmeuë,
Me faisoient méconnoistre à sa premiere veuë;
Quand, dis-je, i'ignorois le mal que ie sentois,
Et quand i'oubliois tout iusqu'à ce que i'estois.
Non certes, ma raison deuoit estre captiue,
Et de quelque repos dont mon amour me priue
Ie ne croiray iamais mon destin rigoureux,
Puis qu'vne deïté m'a rendu malheureux;
Ie ne pouuois souffrir de plus aimables peines,
Ie ne pouuois languir soubs de plus douces chaisnes
Et puisque la beauté m'a rendu son subjet,
Ie ne pouuois mourir pour vn plus bel objet:
Ne nous plaignons dõc point, aimõs, ah Dieux! que dis-je,
Quoy, violer les loix où le deuoir m'oblige;
Quoy, viure sans honneur, non ne le faisons point,
Toutefois Stratonice est belle au dernier poinct:
Respect, honneur, amour, deuoir, nature, pere,
Stratonice raison, enfin que dois-je faire.

Conſeillez-moy de grace, & dedans ce tranſport,
Faictes que ie choiſiſſe, ou la vie, ou la mort:
Mais mon cœur s'affoiblit, & le mal qu'il me cauſe
M'ordonne le ſilence, & veut que ie repoſe,
Mettons nous ſur ce lict, & plaiſe aux iuſtes Dieux
Que l'amour ou la mort ferment bien-toſt mes yeux;
Mais qui vient m'interrompre, ha! rigoureux ſupplice.

SCENE III.

ANTIOQVE, PERICLES.

ANTIOQVE.

HE bien! que me veux-tu,

PERICLES.

Seigneur, c'eſt Stratonice,
Qui par vn Page exprés vient d'enuoyer ſçauoir
Si vous vous portez mieux, & ſi l'on vous peut voir,

ANTIOQVE bas.

I'ignore telle vn mal dont elle fut la cauſe,

PERICLES.

Que dira-t'on Seigneur,

ANTIOQVE, apres auoir reſvé quelque temps.

dis luy que ie repoſe,

Que mon mal est plus grand qu'il n'a iamais esté,

PERICLES en s'en allant.

Bien, Seigneur,

ANTIOQVE.

non, reuiens, dis luy la verité,
Ne dißimule rien, mais ô Dieux! ie m'abuse,
Non, ie ne la puis voir, dis luy qu'elle m'excuse;
Cours, r'approche, va-t'en, demeure, n'en fais rien,
Dis-luy, ne luy dis point, mais ne sçay-je pas bien
Qu'il faut que ie la voye & que ie l'entretienne,
N'importe, c'en est faict, va, dis luy qu'elle vienne,
Qu'elle m'obligera, mais, funeste aspect
Qui dois combler mon cœur d'amour & de respect?
Qui dois renouueller mes amours & mes peines,
Et qui dois redoubler, & mes feux & mes chaisnes,
Ne me fais point languir, & par vn prompt effort,
Soulage mes douleurs par vne prompte mort,
Fais que de nouueaux traicts d'vne celeste flâme,
Me consommoient le corps comme ils ont fait mon ame,
Que ie puisse mourir deuant les plus beaux yeux
Que la nature ait fait pour triompher des Dieux,
Et qu'vn si beau trespas soulage mon martyre,
Et leur fasse sçauoir ce que ie n'ose dire,
Mais ô Dieux! ie les voy, que dois-je faire amour.

SCENE IV.

STRATONICE, ANTIOQVE.

STRATONICE.

Monsieur, ie ne sçaurois laisser passer vn iour
Sans venir prendre part dedans vostre infortune,
Peut-estre qu'en cela ie vous suis importune,
Et que prenant vn soin qui ne vous sert de rien,
Vous n'auez pas subjet de m'en vouloir de bien:
Mais si mon trop d'ardeur passe pour vne offence,
Je viens m'offrir à vous pour en prendre vengeance,
Et si vous m'ordonnez vn rude chastiment,
Ie n'appelleray point de vostre iugement.

ANTIOQVE.

Vn homme comme moy seroit tenu peu sage,
S'il s'offençoit de voir la main qui le soulage;
Et si le Medecin qui vient le secourir,
Loing de le contenter ne le faisoit qu'aigrir;
Vous m'auez destourné d'vne melancholie,

Où depuis peu mon ame estoit enseuelie;
Vn songe que i'ay fait m'ayant troublé le sens
Par des efforts si doux, si vifs & si puissans,
Que ie ne puis encor effacer sa peinture,

STRATONICE.

Monsieur, si ie sçauois son genre & sa nature,
Ie pourrois bien encor vous en mieux consoler,
Mais i'apprehenderois de vous faire parler.

ANTIOQVE.

Si vous le desirez ie m'en vais vous le dire,
Madame, le sommeil pour flatter mon martyre,
M'ayant fermé les yeux sur la pointe du iour,
A porté mon esprit sur les aisles d'amour,
Et m'a fait trauerser des eaux & des montaignes
Pour me mettre au milieu des plus belles campagnes,
Que la nature ait fait à la honte des Cieux,
Puisque l'on y voyoit des Nymphes & des Dieux;
Et qu'ils auoient quitté leurs voûtes estoillées
Pour venir respirer soubs ces sombres allées,
Où l'on voyoit confus le Mirthe & l'Oliuier,
Le Liere, le Buis, la Palme & le Laurier,
Où les tapis n'estoient que de Lys & de Roses;

Et bref, où l'on voyoit tant d'admirables choses,
Qu'esperant d'en auoir d'aduantageux succez,
Ma douleur pour vn temps perdit de son excez;
Oüy, ie dis pour vn temps, car ce lieu de delices,
Deuint en vn moment celuy de mes supplices,
Lors qu'vn triste vieillard s'arrestant deuant moy,
Me profera ces mots d'vn ton remply d'effroy,
Passant, lis ce papier, ton repos t'y conuie:
Sçache quels sont ces lieux, & quel sera ton sort,
Quiconque vient icy y trouuera la mort:
Mais ceste mort apres renouuelle la vie,
En acheuant ces mots ce vieillard disparut,
Lors vne prompte horreur dans mes veines courut,
Tout mon sang se glaca, ie deuins froid & blesme,
Et restant immobile en cette crainte extresme:
I'estois prest de mourir alors que i'entreuis
Vne ieune beauté dont mes sens sont rauis:
Car elle me parut auec tant d'aduantage,
Que i'en garde dans l'ame vne immortelle image,
Et que le souuenir de ces diuins appas,
Fait que ie la crois voir, mesme en ne voyant pas,
Oüy, Madame, ie crois parler à ceste belle,
Ie pense l'adorer, ie pense estre aupres d'elle,
Ie pense luy conter l'excez de mes douleurs,

Et

Et ie pense enrouser ces belles mains de pleurs.
Ie sens la mesme ardeur & la mesme pensee,
Ie crois veoir ses beautez dont mon ame est blessee,
Ie tremble, ie pastis, ie crains de la fascher,
Ie souspire aupres d'elle & n'oze luy toucher:
Ie voudrois luy parler, mais quand i'ouure la bouche
Le respect me la ferme, & plus frait qu'vne souche,
Me fait tomber pasmé dessus ses belles mains:

STRATONICE.

Monsieur,

ANTIOQVE.

ne craignez rien,

STRATONICE.

c'est pour vous que ie crains,
I'ay peur que vostre mal,

ANTIOQVE.

ne craignez rien, Madame,
Et souffrez que i'acheue à vous ouurir mon ame;
I'estois donc assoupy quand ce ieune soleil
Resueilla mes esprits par vn art sans pareil,
Et chassa la frayeur dont i'auois l'ame atteinte
Pour donner à l'amour ce qui fust à la crainte
Presques en vn moment sa beauté m'enchanta,
Et presque en moment elle me surmonta,

Aussi ie croy qu'elle est parmy les immortelles,
Ce que Stratonice est parmy toutes les belles;
Elle auoit des yeux noirs fendus & releuez,
Et persans & brillans comme vous les auez,
L'on voyoit sur sa bouche vne belle escarlatte,
Dont la viue couleur dessus la vostre esclatte,
Son tint blanc surpassoit la neige en sa candeur,
L'on voyoit sur son front esclatter la pudeur,
Son visage estoit doux de mesme que le vostre,
Sa taille estoit charmante & surpassoit tout autre,
Ses cheueux tous bouclez estoient deliez & longs,
Ainsi que vous, Madame, elle les auoit blonds,
Et pour descrire mieux tant de beautez parfaictes,
Elle estoit en vn mot de mesme que vous estes,
Et quand ie l'adoray ie crus que c'estoit vous;
Mais Dieux, que ie receus de pitoyables coups,
Alors que ie songé pour comble de misere,
Qu'vn fils ne pouuoit pas aimer sa belle mere;
Pourtant que ie ne croy pas qu'on m'en doiue punir:
Vous mesme, dites moy, que dois-ie deuenir,
Car prenez qu'en effet mon ame soit charmee,
Ou bien que vous soyez cette personne aimee,
Qu'auriez vous fait,

STRATONICE.

& vous,

ANTIOQVE.

recherché mon bon-heur,

I'aurois suiuy l'amour,

STRATONICE.

i'aurois suiuy l'honneur,

Et ne distinguant point l'effet de la pensee,

I'aurois esteint sans doute vne flâme incensee,

ANTIOQVE

Encor par quel moyen,

STRATONICE en s'en allant.

par mon esloignement,

ANTIOQVE.

Quoy, viure sans pitié,

STRATONICE.

quoy, souffrir vn amant:

ANTIOQVE.

L'on peut bien estre aimee alors que l'on est belle,

STRATONICE.

L'on ne le peut souffrir sans estre criminelle,

Et si quelqu'vn manioit aux despens de ma foy,

Ie voudrois le punir,

ANTIOQVE.

hé bien! punissez-moy,

Ie suis ce malheureux ou plustost ce coupable.

STRATONICE en s'en allant.

Ah! Monsieur,

ANTIOQVE.

demeurez, il n'est pas veritable!
Non, non, ce n'est qu'vn songe, & ie veux desormais,
Puisque vous le voulez, songe, a ce que tu fais
Tu ne sçaurois trouuer d'occasion meilleure,
Sçache si ie dois viure ou s'il faut que ie meure,
Mon cœur explique-toy,

STRATONICE.

Monsieur, vous pallissez;

ANTIOQVE.

Il me faut bien paslir puisque vous rougissez,
Et ie dois bien mourir puisque vostre colere
M'apprend que mon amour commence à vous desplaire,
Car enfin ie vous aime, & vous connoissez bien:

STRATONICE en s'en allant.

Adieu, n'acheuez point,

ANTIOQVE.

Madame, il n'en est rien:
Demeurez,

STRATONICE,

demeurer apres vn tel langage.

ANTIOQVE.

Hé bien! ie ne veux plus le tenir dauantage,
Mais, Madame, escoutez, non ne mescoutez point,
Ie resue, & mon amour va iusqu'au dernier poinct,
Demeurez,

STRATONICE.

Esteignez ces ardeurs indiscrettes,
Souffrez que la raison vous dise qui vous estes,
Et vous apprenne encor pour finir vos ennuis,
Et le rang que ie tiens, & ce que ie vous suis;
En vain vous vous seruez d'artifice & de feinte,
Ie reconnois l'erreur dont vostre ame est atteinte,
Et ie n'obserue rien dans mes deportemens
Qui vous ait pû donner ces mauuais sentimens;
I'ay beau considerer mes actions passees,
Examiner mon cœur & toutes mes pensees,
Et remarquer les lieux où ie vous ay pû veoir,
Ie n'ay iamais rien faict qui choque mon deuoir,
Si mes ciuilitez ne vous ont fait accroire
Que selon nos souhaits i'aurois l'ame assez noire
Pour viure sans honneur pour violer ma foy,
Et pour souffrir qu'vn fils bruslast d'amour pour moy.
Vous-mesmes dittes moy d'où vous vint l'asseurance
D'entretenir pour moy cette infame esperance,

Et ce qui vous donna tant de temerité
Que d'ozer attenter à mon honnesteté
Iusqu'à me declarer vostre flâme amoureuse,
Ay-je esté pres de vous trop peu respectueuse,
Ay-je paru trop libre, ou bien m'auez vous veu
Mespriser quelquefois l'honneur & la vertu,
Me suis-ie diuertie à quel jeu qu'on blasme,
M'auez vous pû connoistre autre honneste femme,
Et pour vous dire plus, enfin remarquez vous
Que i'aime ou que i'adore autre que mon espoux.
Dites, respondez-moy, mais par vostre silence
Vous m'informez assez de vostre repentance,
Aussi ie me contente & n'en vous veux punir,
Qu'en ne vous tenant plus dedans mon souuenir,
Adieu, guerisez-vous, soyez plus raisonnable,
Et voulant estre aimé ne soyez plus coupable:
Car lors que la vertu reglera vos desirs
Vous pourrez souspirer pour d'honnestes plaisirs,
Estant ciuil, courtois, & beau comme vous-estes,
Vous pourrez enflammer le cœur des plus parfaictes,
Et vos perfections donneront de l'amour
A mille astres naissans qui brillent à la Cour,
Aimez, vous le pouuez, mais sçachez que le sage
Voit des appas en l'ame encore plus qu'au visage,

Et que cette beauté qui paroiſt au dehors,
Est l'ombre ſeulement dont vn autre eſt le corps,
Que nos plus beaux attraits ne ſont qu'vne peinture
Qui releuent touſiours des loix de la nature
Qu'elle voit bien ſouuent auec vn œil jaloux
Que le temps affoiblit & qui meurt auec nous.
Oüy, noſtre corps n'eſt beau que pendant ſa ieuneſſe,
Et ce n'eſt qu'vn palais de qui l'ame eſt l'hoſteſſe,
Ce n'eſt qu vn veſtement qu'elle a pour ſe parer,
Et ce n'eſt point l'habit que l'on doit adorer:
Songez donc en ſortant de ce honteux ſeruage
Que l'ame a des appas plus beaux que le viſage,
Que l'honneur eſt l'objet qui nous doit enflâmer,
Et que ſans luy iamais nous ne deuons aimer.

SCENE V.

ANTIOQVE.

AH Dieux! elle s'en va, mal-heureux Antioque:
Enfin reconnois-tu que ton amour l'a choque,
Que ſon cœur eſt vn fort gardé par la vertu,
Qu'en vain iuſques icy l'amour a combatu?

Cognois-tu ses froideur & sa rigueur extréme,
Ou pour mieux en parler te cognois-tu toy-mesme.
Oüy, tu dois bien sçauoir apres tant de mespris
Que de tous tes trauaux la mort sera le prix,
Puis que si tu ne peux oublier cette belle,
Tu ne dois esperer que de mourir pour elle:
Faisons donc vn effort pour finir nos douleurs;
Arrestons nos souspirs, ne versons plus de pleurs,
Mon cœur ne prions plus vne femme inflexible,
N'en esperons plus rien puis qu'elle est insensible,
Et que c'est vn rocher qu'on ne peut esmouuoir:
Amour, maistre des Dieux, i'implore ton pouuoir;
Mais d'où vient ce transport & quelle est ma foiblesse,
I'inuoque pour querir le tyran qui me blesse,
Et voulant vne main pour briser mes liens,
I'appelle à mon secours celle dont ie les tiens.

SCENE

SCENE VI.

ANTIOQVE, EROSTRATE, PERICLES.

PERICLES.

Monsieur, ie crois qu'il dort,

EROSTRATE.

gardez qu'on ne l'esueille.

ANTIOQVE.

O tourment sans remede! ô rigueur sans pareille!

EROSTATE.

Il resve, approchons nous,

ANTIOQVE.

ah! desirs superflus,

EROSTRATE.

Nous apprendrons son mal,

ANTIOQVE.

non, non, n'esperons plus,
Il faut mourir,

PERICLES.

Monsieur, il ne dort point sans doute,
Il se plaint seulement,

ANTIOQVE.

approchez, qui m'escoute,

Erostrate est-ce vous?

EROSTRATE.

Seigneur, sa Majesté

M'enuoyoit informer,

ANTIOQVE.

de quoy, de ma santé:

EROSTRATE.

Oüy, Seigneur, mais ô Dieux i'obserue dans sa veuë,
Le trouble de ses sen. Vous auez l'ame esmeuë?

ANTIOQVE.

Il est vray,

EROSTRATE.

quels objets auez vous veu ce iour,

ANTIOQVE bas.

Sans doute il sçait mon mal,

EROSTRATE bas.

sans doute c'est l'amour,
Et ie viens maintenant de veoir sortir la Reyne,
Feignons bien, mais Seigneur, tirez moy donc de peine,
Stratonice, à ce mot le poux luy bat plus fort,
Ie cognois maintenant d'où luy vient ce transport,

ANTIOQVE.

Que voulez-vous me dire, acheuez Stratonice.

EROSTATE.

Seigneur, si vous voulez que ie vous obeisse,
Il me faut aduoüer ce que ie vous diray,

ANTIOQVE.

Si c'est la verité ie la confesseray,

EROSTRATE.

Confessez donc, Seigneur, que la Reyne a des charmes
Qui sont depuis long-temps le sujet de vos larmes,
Et que c'est son amour qui cause vos langueurs,

ANTIOQVE bas.

Ce n'est pas son amour, mais se sont ses rigueurs,
Puis qu'elle vient encor d'en aduertir mon pere,
Mais feignons, sçauez vous qu'elle est ma belle mere,
Et m'osez vous tenir ce discours indiscret,
Sçachant que ie suis sage, & que i'ay du respect,

EROSTRATE.

Puis que mon sentiment vous desplaist & vous fasche,
Il faut que ie me t'aise & que ie vous le cache:

ANTIOQVE.

Non, ne me celle rien, Sans doute elle l'a dit,
D'où l'auez vous appris. Il paroist interdit:

EROSTRATE.

Seigneur, i'ay remarqué que quand vous l'auriés veuë,
Vostre poux,

ANTIOQVE.

c'est assés, ta fourbe m'est connuë,
Va-t'en, retire-toy, tu n'es pas assés fin,
Ie te tiens Courtisant & mauuais Medecin,
Ne me parle iamais auec tant de licence.
Moy cherir, Stratonice, ah Dieux? quelle insolence!
Mais mon pere t'enuoye, & c'est son ordre expres
Que te faisoit icy m'obseruer de si pres,
Sans cela tu verrois iusqu'où va ma colere,
A Dieu ie te pardonne à cause de mon pere,
Ne te monstre iamais,

SCENE VII.

ANTIOQVE seul.

Il vouloit feindre en vain,
Et i'ay bien reconnu quel estoit son dessein,
Mais Dieux, mon pere sçait que i'ayme Stratonice:
Ah! destins, il est temps que ma flâme perisse,
Ie dois pour l'arracher faire vn dernier effort,
Et si ie dois aimer ce n'est plus que la mort:
Car comment veoir mon pere apres vn si grand crime,
Et comment appaiser le courroux qui l'anime,
De quel air soustenir les plaintes qu'il fera,
Et comment endurer tout ce qu'il me dira.
Ie ne puis ny ne dois attendre ces reproches,
Non, non, il faut courir aux remedes plus proches
Par des moyens plus doux, ie me puis contenter,
Le trespas vient s'offrir, & ie dois l'accepter,
Aussi bien Stratonice en m'ostant l'esperance
Me fait veoir cette vie auec indifference,
Et comme elle est l'objet qui me l'a fist cherir:
Alors qu'elle me hait, c'est quand ie dois mourir;

Mourons donc, & rompant le pareil que ie porte,
Faisons r'ouurir ma veine afin que mon sang sorte,
Et si l'on m'en tira pour me faire guerir,
Tirons-en maintenant à dessein de mourir?
Mais iustes Dieux, il coule & sa chaleur extréme,
Enseigne en s'exallant que ie brusle & que i'ayme,
Amour cruel, autheur du mal que i'ay commis,
Ennemy le plus grand de tous mes ennemis:
Demon qui te nourris des pleurs des miserables,
Et qui fais des amans pour faire des coupables:
Si i'eusse reconnu ton naturel ingrat,
Ou si i'estois encor en mon premier estat,
Bien loing de me soubmettre à ton iniuste enuie
De te sacrifier mon repos & ma vie,
Et de noircir ma gloire en bruslant de tes feux,
Je m'empescherois bien de te faire des veux,
Ie romprois tes Autels, ie razerois tes Temples:
Et pour faire cesser tant de mauuais exemples
Ie te ferois haïr & chasser en tous lieux,
Et te ferois oster du nombre de nos Dieux.
Mais le sang que ie pers m'approche au dernier terme,
Mon œil s'appesantit, ma paupiere se ferme,
Ie succombe, & perdant la lumiere du iour,
Ie meurs du seul regret d'auoir eu de l'amour.

Fin du troisiesme Acte.

ARGVMENT DV QVATRIESME ACTE

ARthemidore ayant veu les mal-heureux effects que l'amour auoit causez en la personne d'Antioque, prie l'Enchanteur de guerir encor son esprit de la ialousie dont il estoit preoccupé. Ce qu'il fait aussi-tost, luy proposant l'Histoire d'Emilie Gentil-homme de la Ville de Sybaris, lequel auoit vne ieune femme tellement amoureuse de luy, qu'elle passa de l'excés de l'amour à celuy de la ialousie: Ce qui faisoit qu'il ne pouuoit s'éloigner d'elle, qu'elle ne crût que s'estoit à dessein de la tromper: tellement qu'vn iour comme il sortoit de grand matin pour aller à la chasse, elle le suiuit, & le voulans obseruer se cacha dans vn bocage: mais ſon mary voyant remuer des fueilles, & penſant que ce fut quelque proye tirant deſſus la bleſla dans le bras, ce qu'ayant recogneu il ſe deſeſpere & détrompe le mieux qu'il pût, cette femme que les Dieux auoient punie par la main, & cauſe de cét exercice ialouſie qui l'aueugloit ſans ceſſe, & l'empeſchoit de leur rendre les deuoirs que leurs puiſſances ſouueraines exigent de tous les mortels.

ACTE IV.

SCENE PREMIERE.

L'ENCHANTEVR, ARTHEMIDORE.

ARTHEMIDORE.

IE connois maintenant la force de ces flâmes,
Qu'vn indiscret amour allume dans nos ames,
Je sçais qu'il est aisé d'en triompher d'abord,
Mais qu'apres on en fait vn inutile effort;
L'exemple que i'ay veu me fait bien reconnoistre
Que ce feu peut s'esteindre au moment qu'il peut naistre,
Mais que si nous aimons l'atteinte de ces coups
Lors nostre guerison ne dépend plus de nous:

L'ENCHANTEVR.

Pour t'obliger encor à m'aimer dauantage,
Ie veux te faire veoir l'excez de cette rage,

L

Te monſtrer en tableau tous les maux qu'elle à faits,
Et comme elle produit de dangereux effets,
Et met dedans nos cœurs vn vert de ialouſie
Qui iette noſtre eſprit dedans la frenaiſie
Qui dépraue nos ſens qui nous fait tout blaſmer
Et condamner ſouuent ce qu'il faudroit aimer.
Ie vais te faire veoir vne indiſcrete femme
Qui ſe laiſſe emporter à l'ardeur de ſa flâme,
Logeant de dans ſon ſein de dangereux ſoupçons
Qui troublent ſon repos en diuerſes façons,
Et malgré la raiſon & le tiltre d'eſpouſe,
Va iuſqu à la folie en deuenant ialouze,
En blaſmant ſans raiſon celuy qui nuict & iour
Adoroit ces beaux yeux qui cauſoit ſon amour.
Tu verras iuſqu'où va ſa rage & ſa manie,
Tu la verras coupable, & toſt apres punie
En receuant du Ciel vn iuſte chaſtiment:
Entrons,

ARTHEMIDORE.

que de profit & de contentement

SCENE II.

MARTIANE, ALPHEE.

ALPHEE.

Madame, triomphez de cette jalousie,
Estouffez ce boureau de vostre fantaisie,
Rendez-vous le repos qu'il vous auoit osté,
Et desillez vos yeux pour veoir la verité:
Vostre espoux est trop sage, & vous estes trop belle
Pour croire qu'il s'adonne à quelque amour nouuelle,
Car il ne peut veoir d'objet qui soit plus doux,
Il n'en sçauroit trouuer qui l'aime mieux que vous,

MARTIANE.

Pour ne me point flatter par ce charmant langage
Dis qu'il n'en peut trouuer qui l'aiment dauantage,
Mais que malgré mes veux, ma constance & ma foy,
Il n'en verra que trop qui vallent mieux que moy:
Et c'est enquoy grãds Dieux, ie vous treuue blasmables,
D'assembler deux moitiez qui sont si dissemblables

De joindre des deffauts à la perfection,
Et si peu de merite à tant d'affection.
Que ne me donniez-vous vn espoux moins aymable,
Si vous reconnoißiez que i'en fusse incapable,
Et puis qu'il meritoit tant au dessus de moy,
Que ne luy donniez-vous quelque fille de Roy,
Ils eussent eu l'amour égal à leurs fortunes,
Ils eussent eu la couche & la tombe communes,
Et les ayant vnis par cette égalité,
L'vn eut esté contant quand, l'autre l'eust esté;
Mais pourquoy l'excuser, & pourquoy m'accuse-ie,
Mais pourquoy me haït-il, ou bien pourquoy l'ayme-ie.
Et toy qui nous ioignis! Ciel que ne permis-tu,
Ou que i'eusse son vice, ou qu'il eut ma vertu,
Qu'il ne fust point volage, ou bien que ie la fusse,
Qu'il ne me plut iamais, ou bien que ie luy pleusse,
Et que pour m'espargner tant de pleurs superflus,
Ie ne l'aimasse point quand il ne m'aime plus,
Mais non, ie ne veux point que ma flâme perisse:
Oüy, ie le dis encor, qu'il m'aime ou qu'il haisse,
Qu'il mette dans ses bras l'object de son desir,
Qu'il y pasme d'amour de gloire & desplaisir,
Et que pour augmenter le regret qui me tuë,
Il me fasse appeller pour en auoir la veuë

Malgré tout le despit qui pourroit m'animer
L'ayant tousiours aimé ie veux tousiours l'aimer,
Rien ne m'empeschera, mais Dieux, que veux-ie faire!
Non, non, ie dois plustost r'allumer ma colere,
Et preste à veoir l'objet dont il est enflammé,
Le hayr d'autant plus que ie l'auois aimé:
Allons, c'est par icy qu'il faut bien-tost qu'il passe,

ALPHEE.

Madame, il n'a dessein que d'aller à la chasse:

MARTIANE.

Non, non, il doit trouuer dedans ces lieux secrets,
Le coupable sujet de ses feux indiscrets:
C'est icy qu'il doit veoir sa nouuelle maistresse
Allantir dans ses bras le tourment qui le presse,
Et qu'au mespris d'Hymen, d'amour & de sa foy
Il me nomme ialouse, & se moque de moy.
Mais il faut desormais que mon courage esclatte,
Il faut pour vn ingrat que ie deuienne ingratte,
Il faut que ie haisse alors qu'on veut hair,
Que ie trahisse encor puisqu'on me veut trahir,
Que ie donne la mort à celuy qui me tuë,
Et que ie perde enfin celuy qui m'a perduë:
Oüy, oüy, mon cœur changeons celuy qui nous changea,
Songeons à nous venger, puis qu'il nous outragea

Et sans nous souuenir de nostre amour extreme,
Perdons-le seulement pour nous perdre nous-mesme;
Il n'est point de milieu dans ces extremitez,
La vengeance ou la mort sont de tous les cottez,
Ie veux perdre vn ingrant quand ie voy qu'il m'abhorre,
Ou sa teste, ou son cœur doit, mais ie l'aime encore,
Et ie reconnois bien par l'estat ou ie suis,
Que ie veux l'oublier, mais que ie ne le puis.
Ah! Dieux, qui me voyez si triste & si pensiue;
Et faictes que ie meure, ou faictes que ie viue,
Rendez moy le tresor que ie tenois de vous,
Et me donnez enfin la mort ou mon espoux,
Ie ne vous presse point de pardonner vn crime,
Ie ne demande rien qui ne soit legitime,
Mon desir est borné des termes du deuoir,
Et ie ne veux qu'vn bien que ie deurois auoir.
Vous beautez qui bruslez d'illegitimes flâmes,
Si parfois vos amans cherissent d'autres femmes,
Vostre sort pres du mien n'a rien qui ne soit doux,
Vous perdez vn amant, moy ie pers vn espoux,
Et vous enrichissant de la perte d'vn autre,
Vous pleurez quelquefois vn bien qui n'est pas vostre,
Mais dedans mon amour que la raison soustient,
Ie pleure seulement vn bien qui m'appartient:

Ie pleure mon espoux, mais ie le voy paroistre,
Fuyons,

SCENE III.

EMILLE, MEGISTE chasseur.

MEGISTE en luy presentant son corps.

c'est ce qu'enfin i'en ay pû reconnoistre,

EMILLE.

Tout est gros & noüé, mais as-tu bien pû veoir,
Quelle ramure il porte,

MEGISTE.

oüy,

EMILLE.

fais le moy sçauoir,

MEGISTE.

Il est bien cerf dix corps, sa teste est bien paumee,
Fort ouuerte, fort haute, & de plus bien sommee,
Sa perlure est bien nee, & son pelage est gris,
Il est fort haut de iambe, & deuant qu'il soit pris,
Ie crois que nos coureurs reprendront leur haleine:

EMILLE.

Il faut que le plaisir se mesure à la peine,
Mais ie viens d'obseruer quelque chose de noir
Au trauers ce feüillage, & ie l'ay veu mouuoir:

MEGISTE.

Tirez,

EMILLE.

ne parle point, c'est quelque belle proye,
Et ie la tiens à moy, pourueu que ie la voye,
Ie ne sçaurois encor discerner ce que c'est,
Ie vay tirer pourtant puis que mon arc est prest,
C'est vn trait de perdu, n'importe,

SCENE

SCENE IV.

EMILLE, MARTIANE, ALPHE, PHALANTE, MEGISTE.

MARTIANE sortant du bocage.

ah! miserable,

EMILLE.

De qui vient cette voix, & ce cry lamentable,

ALPHEE.

Monsieur, qu'auez vous fait,

EMILLE.

que voy-je iustes Dieux:
Las! ie viens de blesser ce que i'aymois le mieux,
Madame,

MARTIANE.

laisse moy, ne parle point,

EMILLE.

Madame,

MARTIANE.

Ma heine,

EMILLE.

mon amour, diuin objet

MARTIANE.

infame,
Te ressouuiens-tu bien que tu parles à moy,
Va, rappelle tes sens, connois-moy, connois-toy,
Mon visage n'a pas l'esclat que tu demandes
En vn mot, mes beautez ne sont pas assez grandes
Pour arracher de toy ces termes plains de feu:
Bref, tu merites trop, & moy ie vaux trop peu.

EMILLE.

Mauuaise n'accrois point la douleur qui me touche,
Souffre que la raison me ferme icy la bouche,
Et que ie te condamne en vn autre saison,
Puis qu'il faut seulement chercher ta guerison,
Amy son sang se pert, il faut que tu l'etanches
Cependant que Phalante ira couper des branches
Pour la porter dessus de peur de l'esbranler:

MARTIANE.

Ingrat,

EMILLE.

ne parle point,

MARTIANE.

non, non, ie veux parler,
Permets en cet estat que rien ne me contraigne,
Et m'ayant fait des maux souffre que ie m'en plaigne;

EMILLE.

Vous aigrirez vos maux,

MARTIANE.

ie les veux bien aigrir,
Puisque i'espere en eux les moyens de mourir.
Quoy, n'auois-tu permis nostre sainct himenee,
Que pour m'oster la foy que tu m'auois donnee,
Ne m'enleuois-tu donc au comble du bon-heur,
Que pour precipiter mes iours & mon honneur,
Ne m'auois-tu promis tant de rares delices,
Que pour me mettre apres au milieu des suplices,
Ne me carressois-tu qu'afin de me trahir:
Et bref, ne m'aimois-tu qu'afin de me hair:
Lasche, reproche moy la faute que i'ay faicte,
Excuse ton erreur, c'est ce que ie souhaitte
Pour te rendre innocent, cherche en moy des deffauts,
Et m'accuse plustost auec des crimes faux.
Alors que ie sçauray pourquoy tu m'as changee
Sans doute, ma douleur en sera soulagee,

Et ie seray contante à l'heure de ma mort,
Si i'apprens qu'en viuant ie t'accusois à tort:
Mais, helas! i'ay bien peur de sçauir le contraire
Pour vouloir t'excuser ie ne le sçaurois faire,
Le desir que i'en ay ne peut rien en ce poinct,
Car ton crime est visible, & le mien ne l'est point.
Où sont, où sont ingrat tant de belles promesses,
Où sont tant de sermens, où sont tant de carresses,
Où sont tant de respects ou sont tant de souspirs,
Où sont tes premiers feux & nos premiers plaisirs.
Vous de qui la constance est encor inconnuë,
Chere felicité, qu'estes-vous deuenuë,
Pourquoy dans nos beaux iours fuyez vous loing de nous,
Ou pour en mieux parler pourquoy nous suiuiez-vous,
Las! ie ne connois plus vos faueurs innoüyes,
Leurs charmantes douceurs se sont euanoüyes,
Et ie voy par les maux qu'elles me font souffrir
Qu'vn instant les fist naistre, & les a faict mourir:
Ce sont de ces esclairs que les airs nous produisent,
Qui meurent à nos yeux aussi-tost qu'ils nous luisent,
Ce sont de ces clartez qui passent promptement,
Et de qui tousiours l'estre est borné d'vn moment.

EMILLE.

Mon cœur tes sentimens sont trop dignes de blasme,

Termine ces discours qui sont tort à ma flâme,
Ne me soupçonne point de te manquer de foy,
Puis qu'il est asseuré que ie n'aime que toy:
Helas! tu le peux veoir, à ma douleur extréme,
Car depuis ton mal-heur ie ne suis plus moy-mesme;
Et ie sens dedans moy tant de viues douleurs,
Que tout ce que ie puis est de verser des pleurs.
Je ne me connois plus, tous mes esprits se troublent,
Mon déplaisir s'accroist, & mes craintes redoublent
Chasque objet m'est fascheux, tout me parle d'horreur,
Tout me deffend l'espoir tout me met en fureur,
Et me faisant songer au crime que ie pleure,
Tout rappelle mon deüil, & tout veut que ie meure:
Ah! Ciel, si ta rigueur demandoit vn objet,
Tu debuois la verser sur vn autre sujet,
Et punir bien plustost vne ame criminelle,
Que d'en affliger vne, & si noble, & si belle:
Si tu voulois du sang que n'armois-tu ton bras
Pour punir entre nous ceux qui te sont ingrats,
Que ne foudroyois-tu d'execrables impies
En les sacrifiant à tes iustes furies,
Ou si tu desirois celuy des gens de bien,
Ton courroux iustement pouuoit choisit le mien,
I'ay tousiours respecté tes Autels & tes Temples,

Tous mes deuoirs pour eux ont esté sans exemples,
Et les voyans suiuis d'vn si mauuais effet,
Je voudrois maintenant n'en auoir pas tant fait.
Apres ce que i'ay dit que tarde ton tonnerre,
Que ne fais-tu r'ouurir le centre de la terre,
Que ne m'abisme-tu dans le creux des enfers
Pour y souffrir des maux qu'on n'ait iamais soufferts:

MARTIANE.

Helas! tout ce qu'il dit me semble veritable,
De l'aime, & mon amour rend le sien vray semblable,
Car passant dans l'excez il me reduit au point,
De croire ce qu'il dit pour ne l'affliger point.
Cesse de t'affliger cher espoux, ie te prie,
Modere tes transports, appaise ta furie,
Pardonne mes soupçons, excuse mon erreur,
Et ne me montre plus ce qui me fait horreur.
Puis qu'vn excez d'amour me rendit criminelle,
Fais que ce mesme excez rende ma faute belle,
Et ne te fasche point de pardonner en moy
Ce que tu voudrois bien que i'excusasse en toy:
Il est vray, i'ay failly, ie confesse mon crime,
Et l'adueu que i'en fait le rendroit legitime,
Si tu considerois bien loing de me blasmer,

Que ie ne l'auois fait que pour te trop aimer:
Ah! rigueur du destin, ah! fortune barbare,
Quoy, ce qui nous ioignit est ce qui nous separe,
Nous sommes des-vnis par ce qui nous vnit,
Et ce qui fist nostre heur est ce qui le finit.
C'est amour qui jadis faisoit nostre allegresse
Est maintenant celuy qui fait nostre tristesse,
Puis que nostre bon-heur seroit au dernier point,
Cy deuant nous quitter nous ne nous aimions point.
Tu souffres pour me veoir iustement enflammée,
Et moy ie souffre aussi pour me veoir trop aimée,
Et t'estimant enfin, & t'aymant mieux que moy,
Mon regret vient de veoir ce mesme amour en toy,
Tu pleures mes langueurs, moy ie pleure les tiennes,
Ie ressens tes douleurs, & tu ressens les miennes,
Comme tu crains pour moy, c'est pour toy que ie crains,
Et ce n'est point mon mal, mais le tien que ie plains
Ie voudrois en mourant soulager ton martire,
Mais loing de l'adoucir, ce remede l'empire,
Car puis qu'il faut souscrire à nostre mauuais sort,
Comme que tu vis en moy, tu mourrois en ma mort.

EMILLE.

Ne te ressouuiens plus de nos amours passees;
Tu ne sçaurois guerir par de telles pensees.

MARTIANE.

Ah! destin, change vn peu la rigueur de tes coups,
N'espargne point ta femme, & conserue l'espoux:
Vous grands Dieux immortels qui reglez toutes choses,
Faictes que les effects respondent à leur causes,
Que la fin soit pareille à son commencement,
Et qu'vn iuste principe ait bon euenement.
D'abbord mille douceurs suiuoient nostre himenée,
Chacun estoit ialoux de nostre destinee,
Et vous nous prodiguiez tant de bien-faicts diuers
Que nous en auions seuls plus que tout l'vniuers.
Mais, helas! ces faueurs n'ayant rien de vulgaire
Nous ayant fait heureux ne nous le firent guere,
Sans que nous changeaßions leur nature changea:
Et qui nous carressoit alors nous outragea,
Nous ayant aßistez vous nous abandonnastes,
Nous faisant des plaisirs vous les empoisonnastes,
Et nous connusmes bien en tombant de si haut
Que vous nous esleuiez pour faire vn plus grand sault,
Que iusque dans le Ciel vous auiez mis nos testes,
Par ce que c'est l'endroit où se font les tempestes,
Et qu'en nous punissant pres d'vn si grand bon-heur,
Nostre punition auroit plus de rigueur.

Mais

Mais, helas! iustes Dieux, pourquoy vous accusé-je
Lors que ie parle ainsi ie fais vn sacrilege,
C'est moy seule qui fais les malheurs où ie suis,
Et c'est moy seule enfin qui cause mes ennuis,
Me laissant aueugler par l'amour de moy-mesme,
Et me laissant conduire à sa fureur extréme,
Mon esprit s'attacha tellement en ces lieux,
Qu'en approchant la terre il s'esloigna des Cieux,
Il oza mespriser vostre beauté supréme,
Oublia son deuoir se mesconnut soy-mesme,
Et ne vous rendant plus d'hommages souuerains,
Il adora pour vous l'ouurage de vos mains:
Mais ne laissant iamais vn crime sans suplice,
Vous luy fistes sentir qu'elle est vostre iustice,
Vous luy fistes trouuer la mort dans les plaisirs,
Et le fistes punir par ses propres desirs.
Comme s'il eust esté de vostre intelligence,
Vous ayant offencez il en tira vengence,
Il se punit soy-mesme, & par vn iuste effet,
Il fit en s'outrageant ce que vous auriez fait:
Dans les bras de l'amour & de la ioüissance,
Il fit naistre vn boureau dedans sa conscience,
Il logea dedans luy ses plus grands ennemis,
Et se perdit enfin quand vous l'eustes permis.

EMILLE.

Ah! iustes Dieux, faut-il que vous l'ayez punie
Pour cherir son espoux d'vne ardeur infinie,
D'où vient que nostre himen à ce mauuais succez,

MARTIANE.

Par ce que mon amour alloit iusqu'à l'excez:
Oüy, t'ayant trop auant dedans la fantaisie,
Ie passay de l'amour iusqu'à la jalousie
Qui me fist rencontrer du poison sur les fleurs,
Et changea mes plaisirs en autant de douleurs.
Infame passion qui bourelle nos ames,
Et mesle ton venin dans les plus belles flâmes,
Peste des amitiez, dragon pernicieux
Qui trouble nostre esprit en nous fermant les yeux,
Ennemy conjuré d'vne saincte alliance,
Enfant de la foiblesse & de la meffiance,
Mais qui romps quand tu veux par tes moindres efforts,
Les liens les plus doux, & les fers les plus forts:
A Dieu! retire-toy, ie connois ta malice,
Cherche quelqu'autre azille & quelqu'autre complice,
Mais, helas! c'est trop tard que mon cœur se repent,
Ie deuois en naissant estouffer ce serpent,

Et ne luy donner pas cette insolence extréme
De trouuer des deffauts dedans la vertu mesme,
Ie ne luy deuois pas donner l'authorité
De reigner en tyran dessus ma volonté
De troubler mon repos de me rendre captiue,
Et d'esteindre à iamais vn ardeur excesiue.
Quoy, ne peut-on aimer sans auoir de soupçons,
Faut-il vouloir hair lors que nous cherissons
Vn vertueux amour produit-il ces pensees:
Non, non, c'est le tallent des ames incensees,
Außi pour me punir des maux que ie t'ay faits,
Ie vais par mon trespas expier mes forfaits.

EMILLE.

Iustes Dieux, ce discours augmente mon martire:
Viuez,

MARTIANE.

conseruez-vous,

EMILLE.

ah! ie meurs,

MARTIANE.

ah! i'expire.

PHALANTE.

Monsieur, vostre brancart est à trois pas d'icy,

EMILLE.

Allons, si tu peris ie veux perir aussi.

Fin du quatriesme Acte.

ARGVMENT DV V^e. ACTE.

L'Enchanteur ayant fait voir l'Hiſtoire d'Emilie à Arthemidore, recognoit vn grand changement en ſon eſprit, & voit clairemẽt des marques de l'impreſſion que ces exemples auoit fait ſur luy : ce qui l'oblige de le faire encor r'entrer dans le Temple, pour luy monſtrer en l'Hiſtoire de Biſathie le tort que nous nous faiſons, de croire aux premiers mouuemens que nous inſpire la fureur & la hayne ; car cette pauure Infante eſtant deuenuë eſperdument amoureuſe de Calpurnie, que ſon pere (le Roy des Maſſiliens) vouloit immoller, elle le garantit, & pour le ſauuer le cache en vne maiſon d'vne de ſes confidantes : mais ce malheureux Amant ayant trouué l'occaſion de ſortir des terres de ſon pere en ſortãt de cette maiſon, s'enfuit auec le deſſein de reuenir voir Biſathie auec plus de ſeureté pour luy : mais lors qu'elle fut aduertie de ſon départ, la colere l'aueuglant elle conçoit vne hayne ſi grande contre luy, qu'elle promet ſes biens & ſa perſonne à quiconque r'ameneroit ce fugif, & l'ayant en ſa puiſſance ne veut point eſcouter ſes raiſons, le remet entre les mains de ſon pere, qui de ſa chambre l'enuoye au ſupplice, & laiſſe ſa fille ſeule, qui cõmence à faire reflexiõ ſur ce qu'elle auoit fait, & quelque temps apres reçoit vne lettre deluy, par laquelle il l'aſſeuroit en mouuãt de ſa fidelité; ce qui la jette tout à coup dans vn profond deſeſpoir, & la fait ſe reſoudre à la mort, pour monſtrer le regret qu'elle auoit de n'auoir pas reſiſté puiſſamment à ces premiers mouuemens de colere & de hayne, qui l'auoient tranſportee iuſqu'au poinct de ne luy vouloir pas permettre de ſe iuſtifier: Enfin l'Enchanteur ayant fait voir cette cinquieſme Hiſtoire, prie Arthemidore de ſe retirer, & de faire ſon profit de ce qu'il auoit veu ce qu'il fait auſſi-toſt, le remerciant des bons offices qu'il auoit receus de luy, & le priant de luy faire voir les cinq autres Hiſtoires qui luy promettoit au pluſtoſt, s'en va comblé d'allegreſſe & de joye, & guery de ces paſſions qui l'auoient ſi cruellement tourmenté.

ACTE V

SCENE PREMIERE

L'ENCHANTEVR, ARTHEMIDORE.

ARTHEMIDORE.

OVy, tirant du profit de ces enchantemens
Je commence à quitter mes premiers sentimens,
Je commence à veoir clair au trauers des tenebres,
Et regardant d'vn œil ces exemples celebres :
De l'autre i'apperçois les maux qui me suiuroient
Si i'allois laschement ou mes desirs voudroient.
Je fais reflexion de moy sur ces grands hommes,
De leurs folles erreurs sur celles où nous sommes,
Et reconnois enfin que si ie vis comme eux,
Rien ne peut m'empescher d'estre moins mal-heureux.

L'ENCHANTEVR.

Apres vn tel discours ie ne plains point ma peine,

Mais il nous reste encor à combattre la haine,
Ce demon dangereux qui suit le faux amour,
De mesme que l'on voit la nuict suiure le iour.
C'est cette paßion des sages condamnée
Qui donne le trespas à ceux dont elle est née,
Qui rauage, qui rompt, qui pert & qui destruit
Le Temple le plus beau que le Ciel ait construit,
Qui n'assouuit sa soif que dedans le carnage
Qui suit aueuglement la colere & la rage,
Qui ne pardonne rien dans ses premiers transports,
Et qui traisne apres soy mille cuisans remords.
Ie te vais faire veoir vne indiscrette infante
Qui fait naistre en son cœur vn amour imprudente,
Qui luy fait oublier, & son pere & son Roy
Pour sauuer vn amant qu'elle aime plus que soy;
Mais le trouuant absent, & s'en croyant changée,
Elle en perd la raison, en deuient enragée,
Et nous apprend enfin par les maux qu'elle a faits,
Que la haine est estrange en ses moindres effets:
Entrons, mais ayant veu cette derniere histoire
Afin que le portrait s'en graue en ta memoire
Lors que i'auray mis fin à cest enchantement,
Viens außi le conclure auec ton sentiment,

SCENE

SCENE II.

BISATHIE seule.

OVy, i'aimay ce perfide, & dans ma flâme extréme,
Il m'estoit plus sẽsible & plus cher que moy-méme,
Ie le crus plus charmant qu'il n'est digne d'horreur,
Et i'auois plus d'amour que ie n'ay de fureur :
Oüy, i'aimay ce perfide, ô souuenir funeste !
Du feu qui me brusla le seul plaisir me reste,
Qu'il a perdu pour moy la force de charmer,
Et que ie le hay mieux que ie n'ay sceu l'aymer.
Iustes ressentimens d'vne Amante irritée,
O vous par qui ma haine est si bien excitée !
Mouuemens furieux d'vn esprit incensé !
Acheuez, acheuez l'ouurage commencé ;
Perdez. perdez le traistre apres qu'il m'a perduë
Ma gloire par sa mort me peut estre renduë,
Faictes bien vostre office, & monstrez en ce iour
Ce que la haine peut qui succede à l'amour.
Quoy pour le deliurer i'aurois trahy mon pere,
Ie l'aurois garanti de sa iuste colere,

Et fait qu'il éuitat vn trépas asseuré,
Et l'affronteur apres se seroit parjuré:
Faut-il que sans vengeance il m'ait abandonnée
Dans la foy qu'il me fausse, & qu'il m'auoit donnée;
Non, perfide, ce bien ne t'arriuera pas,
Mon amour empescha ton infame trépas,
Mais si le iuste Ciel seconde mon enuie,
Ma haine desloyal te coustera la vie;
Mais ie voy Felismene,

SCENE III

BISATHIE, FELISMENE.

BISATHIE.

Hé bien le verrons-nous?

FELISMENE.

Madame, ie venois pour l'apprendre de vous,
Mais songez-vous encor, à ce parjure infame
Faut-il que sa memoire embarasse vostre ame,
Puisque son souuenir vous afflige à ce poinct,
Ie croy que le meilleur est de n'y songer point;

Oubliez le, Madame, & son erreur extreme
En pensant vous tromper, il s'est trompé soy-mesme;
Il s'est priué d'vn bien qu'il ne meritoit pas
Quand il a negligé de si charmants appas;
Vous vouliez l'honorer d'vne faueur insigne
Par sa honteuse fuitte il s'en declare indigne,
Et si vous en iugez auec moins de chaleur
Vous éuitez, Madame vn extréme malheur
S'il vous eust plus long-temps caché sa perfidie
Le dernier incident de cette tragedie
Auroit esté funeste à vostre esprit deceu,
Et l'affront bien plus grand que vous n'auez receu;
En fin il ne vaut pas que vostre esprit s'afflige,
N'y la iuste colere qu l'ingrat vous oblige,
Le mal qu'il a commis ne se peut trop punir,
Mais, Madame, deuant il faudroit le tenir,
Vostre vengeance en tout me paroist legitime,
Et ce n'est point à vous à pastir de son crime,
Attendez que le Ciel vous donne ce pouuoir,
Peut-estre quelque iour que vous pourrez l'auoir;

BISATHIE.

Peut-estre me dis-tu, i'en suis bien asseurée,
Ie l'auray l'infidelle & sa mort est iurée,
Mais ne me parle point d'oublier son forfait,

Ie me dois souuenir de l'affront qu'il m'a fait,
Et mesme s'il se peut en accroistre l'image
Afin que ma memoire entretienne ma rage;
Mais toy qui m'a promis de venger mon amour,
Quand auré-je le bien de te veoir de retour,
Tu m'as donné la foy de me liurer ce traistre,
Tu le peux, ie l'espere, & ie t'ay fait connoistre
Que ce present funeste est le prix de mon cœur,
Et l'vnique moyen de t'en rendre vainqueur;
Que mon impatience accuse ta paresse,
Ou tu manques d'amour, ou tu manques d'addresse,
Ou tu n'oses me plaire, ou tu ne le peux pas,
La crainte que i'en ay me donne le trépas;
Haste-toy de venir si tu veux que ie viue.

SCENE IV.

BISATHIE, FELISMENE, vn PAGE.

LE PAGE.

M*Adame, on dit là bas que Philidan arriue,*

BISATHIE.

Il arriue, quoy seul,

PAGE.

Madame, on n'en ſçait rien:

BISATHIE.

Va le ſçauoir, i'attens ou mon mal, ou mon bien,
Mon ſang s'eſmeut, ie tremble vne frayeur ſecrete,
Semble me vouloir rendre immobile & muette,
Que ie ſens à la fois de contraires deſirs;
Va veoir ſi cet objet de tous mes déplaiſirs
Vient en noſtre puiſſance, & dis qu'on me l'ameine,
Mais arreſte; ô mon cœur ſoulage vn peu ta peine!
Reſpirons vn moment deuant que de le veoir,
Mais Dieux! ie doute encor s'il eſt en mon pouuoir,
Sçache-le, Feliſmene, & m'en viens rendre compte.

SCENE V.

BISATHIE.

O Dieux, pourré-je veoir cet objet de ma honte
Sans arracher ſes yeux cauſes de mon erreur:
Non, mes mains appreſtez voſtre iuſte fureur,
Et puiſque ſon abſence à troublé mes delices,
Il faut que ma preſence accroiſſe ſes ſuplices,

Mes yeux si vos appas ne purent l'enflammer,
Cherchez dans vos rigueurs dequoy le consommer:
Armez vostre lumiere & formez vne foudre,
Dont l'esclat l'esbloüisse & le reduise en poudre:
O Ciel! laisse vn moment gouuerner à mes mains,
Celle dont tu punis les crimes des humains
Que ie priue vn ingrat d'vn ame criminelle
De toutes la plus lasche & la plus infidelle
Afin de signaler en cet euenement
Ce que peut ta iustice, & mon ressentiment
Qu'il meure, mais qu'il meure ô Dieux, est-il, possible
Que i'oze desirer vn trespas si sensible,
Ne partiré-je pas de sa propre rigueur,
Et le puis-je punir sans affliger mon cœur,
Mais que ie suis timide, & que ie suis changée,
Ie crains donc qu'il ne meure & d'estre trop vengée,
Qu'estes-vous deuenus inutiles transports
En cette occasion que vous estes peu forts,
Comme si ma colere estoit illegitime,
Vne iuste vengeance est donc pour vous vn crime,
Mon honneur la demande, ah! n'y repugnez plus;
Amour tu fais icy des efforts superflus,
Laisse-moy satisfaire à ma derniere enuie,
Apres si tu le veux attente sur ma vie

Dans les bras de la mort on me verra courir
Pourueu que ie me vange auant que de mourir:
Ah! brutal, ah! vollage indigne de ma flâme,
Ta memoire odieuse est encor dans mon ame,
Ton pourtrait qui se monstre à mon ressouuenir
Me fait encor doubter si ie te dois punir;
O restes impuissans d'vn amour incensée,
Enfans desauoüez sortez de ma pensée,
Pitié, ton indulgence offence mon esprit,
Ta tendresse m'irrite, & ta douceur m'aigrit:
Va, ne te fasche point de te veoir rebutée,
Le perfide en fuyant ne t'a pas escoutée,
Ie ne dois pas t'entendre afin de me venger,
Non, ma haine redouble au lieu de te changer,
C'est ce qui me console, oüy, c'est mon allegeance,
De sentir que mon ame aspire à la vengeance,
Sus mon cœur, fais donc veoir de colere enflâmé,
Qu'on ne peut trop hair quand on a trop aimé
Dans vn si grand dessein ne sois plus incertaine,
Qui m'éprise l'amour doit acquerir la haine,
Le traistre par sa fuite attira dessus soy
Le coup inesperé qu'il receura de toy.

SCENE VI

BISATHIE, PHILIDAN, FELISMENE, TALPHVRNIE, PAGE.

BISATHIE.

MAis, ô Dieux, le voicy qu'on l'oste qu'on l'étraisne,
Non, ie ne veux point veoir cet objet de ma haine,
Ie ne permettray pas qu'il s'approche de moy,
Il faut qu'on le remete entre les mains du Roy
Qu'il aille en ses prisons se vanter de ma flâme:
Va cœur dissimulé, va parjure sans ame
Sçauoir encor vn coup si d'infames liens
Te seront plus heureux & plus doux que les miens;
Mais ne te charge plus du crime de rebelle,
Te voylà conuaincu de celuy d'infidelle,
Et puisque le dernier a plus de lascheté:
Attens de ton forfait ce qu'il a merité,
Tu m'as donc méprisée, ô qu'il l'auroit pû croire!
Ie t'auois fait passer de la honte à la gloire,
De la prison au trône, & de la nuict au iour,

Et ne

Et des mains de la mort en celles de la mort,
I'auois brisé tes fers pour me mettre à ta chaisne,
Et ma captiuité n'a gaigné que ta haine,
Quoy lasche, ma pitié n'a pû te secourir,
Et t'oster le dessein de me faire mourir,
I'ay mis toute ma gloire à conseruer la tienne,
Et la tienne s'est mise à ruiner la mienne,
Mais tu ne respons rien, perfide purge-toy
De ton ingratitude, & de ton peu de foy,
Quand tu t'es rebellé contre ton propre Prince
Que tu l'as assiegé iusques dans sa Prouince,
Que dans vne sortie on t'a fait prisonnier,
Et qu'il se disposoit à te sacrifier:
Dis-moy qui fust le Dieu qui te sauua la vie:
Parle-moy, respons-moy, contente mon enuie:
Dis-moy qui corrompit les gardes de la tour,
Qui t'en donna les clefs qui te rendit le iour,
Et qui te mit apres dedans vn seur azille,
Ignoré de mon pere & de toute la ville,
Et pour quelle raison tu voulus en sortir
Sans le dire à Phalante, & sans m'en aduertir;
Pourquoy tu mesprisois vne faueur insigne:
Va lasche, va meschant, tu n'en estois pas digne;
Je te mescognoissois en te donnant mon cœur,

Et le tien qui le traitte en ſuperbe vainqueur
Par la facilité qu'il euſt en ſa victoire,
Croiroit que ſon triomphe obſcurſiroit ſa gloire,
Son orgueil le deſdaigne apres l'auoir conquis:
Deſloyal, tu l'auois iniuſtement acquis,
Tu l'as perdu de meſme, & mon ame offencée
Deteſte les erreurs de ſon amour paſſée,
Et ne conſerue rien de ton reſſouuenir
Que celuy de ton crime afin de le punir:

TALPHVRNIE.

Ah! Princeſſe adorable, auez vous cette enuie:
Pourrez vous conceuoir tant d'horreur pour ma vie,
Au poinct où ma diſgrace a mis voſtre courroux,
Je n'euſſe iamais cru ce que ie voy de vous,

BELISATHIE.

Amant, indigne objet de mon ame ſeduitte,
Te pouuois-tu reſoudre à cette laſche fuitte
Au point où i'eſtimois ton courage & ta foy,
Ie n'euſſe iamais cru ce que i'ay veu de toy:
Ozas-tu me tromper,

TALPHVRNIE.

Dieux, le pouuez-vous croire,
I'aurois eſté Madame, ennemy de ma gloire,
Mais oyez mes raiſons,

BISATHIE.

as-tu quelque raison
Qui te puisse excuser de cette trahison,

TALPHVRNIE.

Oüy, Madame,

BISATHIE.

affronteur, cela ne sçauroit estre,
Et tu ne peux nier que tu ne sois vn traistre.

TALPHVRNIE.

Ma bouche & mon amour vous iure par les Dieux
Que la peur seulement m'esloigna de ces lieux,
Car me voyant sauué des prisons d'vn Monarque,
Qui vouloit iustement m'immoller à la parque,
Quoy que vous m'eussiez mis en lieu de seureté,
Estant dans ses pays i'estois inquieté,
Mais pour vous mieux tirer de cette erreur extréme,
Si vous considerez vostre beauté supréme,
Vous connoistrez, Madame, assez facilement
Que vous vous abusez dedans ce sentiment,
Vous auiez ma parole,

BISATHIE.

auois-tu pas la mienne,

TALPHARNIE.

Gardés la ma Princesse,

BISATHIE.

as-tu gardé la tienne ;

TALPHVRNIE.

Si i'ay fuy ce n'estoit qu'afin de reuenir,

BISATHIE.

Et ie t'ay fait reprendre afin de te punir :

TALPHVRNIE.

Apres tant de douceurs me serez-vous si rude,

BISATHIE.

Elles parlent tousiours de ton ingratitude :

TALPHVRNIE.

Dieux ! que vois-je, qu'entens-je !

BISATHIE.

vn trait de mon pouuoir ;

Quand tu te departis d'amour & du deuoir,
Tu ne croyois iamais ny me veoir ny m'entendre,
Et c'estoit le seul fruict que ie debuois attendre
Des nobles sentimens que i'eus de ta valleur,
Que de mourir de honte apres vn tel malheur,
Le Ciel qui fauorise aux desseins legitimes
Est celuy qui s'opose à la course des crimes
Il a pris ma deffence en cette occasion,
Et retably ma gloire à ta confusion,

TALPHVRNIE.

Madame,

BISATHIE.

Va, perfide, ailleurs qu'en ma presence
Protester de ma haine & de ton innocence:

TALPHVRNIE.

Mais, Madame,

BISATHIE.

perfide, oste-toy de mes yeux,
Ton crime est detesté des hommes & des Dieux.

SCENE VII

LE ROY, vn CAPITAINE DES GARDES, BISATHIE, TALPHVRNIE, PHILADAN, FELISMENE.

FELISMENE.

VOicy le Roy, Madame,

TALPHVRNIE.

ah! Princesse inhumaine,
Voulez-vous tousiours croire à vostre iniuste haine,
Prenez vn fer, Madame, & vengez-vous de moy
Plustost que de me mettre entre les mains du Roy,

BISATHIE

Infidelle, ta mort seroit trop glorieuse:

TAPHVRNIE.

Ah! que i'ay de malheur,

BISATHIE.

ah! que ie suis heureuse,
Sire, vn sujet rebelle eschappé de vos mains
Le plus lasche qui viue entre tous les humains,
Que le pouuoir d'vn Dieu dont la force est extresme
Me rendoit cherisable à l'esgal de moy-mesme.
Et qui m'auoit forcee en triomphant de moy
De soustraire sa teste au decrets de son Roy,
Cet homme, dis-je, Sire, à qui ma iuste enuie
Estoit de conseruer & l'honneur & la vie,
Et que i'aurois cru digne auec trop de pitié
D'espouser vostre fille & de vostre amitié,
Ce miserable enfin dont i'ay pris la deffence
Est icy pour lauer son crime & mon offence,
Et ie demande aux pieds de vostre majesté
Le iuste chastiment de sa temerité:
Sire, voyla ce traistre,

LE ROY.

ostez le de ma veuë,
On a fait son procez, ie veux qu'on l'effectuë:
Il n'est point de besoin de le mettre en prison;

BISATHIE.

Helas, que ce rencontre esbranle ma raison.

SCENE VIII.

BISATHIE, LE ROY, PHILIDAN, FELISMENE.

LE ROY.

Pour toy dont l'imprudence est digne d'vn suplice,
Ton crime te soubmet aux loix de ma iustice
Il arme ma colere, & conclu ton trépas,
Mais ce qu'il a conclu le sang ne le veut pas:
Dis-moy donc d'où te vint cet amour desreiglee,
Et cette infame ardeur qui t'auoit aueuglee,
Et qui t'alloit noircir d'vn reproche eternel
En te faisant aimer vn homme criminel,
Quoy, t'imaginois-tu qu'il pût t'estre fidelle
Lors qu'il se declaroit traistre ingrat & rebelle,
Et pouuois-tu penser qu'il te gardast sa foy,
Puis qu'il n'en auoit point pour les Dieux, n'y pour moy,
Mais tu ne me respons qu'en baissant le visage:
A Dieu, ie ne sçaurois te parler dauantage,
Profite de ta faute & de tant de bonté.

SCENE IX

BISATHIE, PHILIDAN, FELISMENE.

PHILIDAN.

VOstre cœur à le bien qu'il auoit souhaitté,
Madame, auray-ie enfin le bon-heur que i'espere :

BISATHIE.

Que veux-tu,

PHILIDAN.

vostre amour,

BISATHIE.

laisse agir ma colere,
Et dedans le mal-heur qui menace mes iours,
Ne m'importune plus, & change de discours,

PHILIDAN.

Mais vous m'auez promis,

BISATHIE.

que pouuois-ie promettre,

PHILI-

PHILIDAN.

Tout,

BISATHIE.

ie le tiendray donc, mais laisse-moy remettre,

PHILIDAN.

I'obeis,

SCENE X.

BISATHIE, FELISMENE.

BISATHIE.

Il s'en va ce miserable amant
Dessuz vn eschaffaut mourir honteusement.

FELISMENE.

N'y songez plus, Madame,

BISATHIE.

ah! ie suis enragée,
En le deshonnorant ie me suis outragée,
L'arrest dont la rigueur le condamne à mourir
M'oste l'espoir de viure & de le secourir,
Mon pere l'a iugé sans le vouloir entendre,

O Dieux ! dans ce mal-heur, ie deuois plus attendre,
Ie n'eus point d'interualle entre aimer & hair,
Pourquoy méchant, pourquoy me voulois-tu trahir,
Mais que feray-je donc, mais que voudrois-je faire :
Laissons mourir vn traistre, vn lasche, vn temeraire :
Indigne de paroistre à la clarté du iour
Qui vouloit ta couronne & non pas ton amour,
Qui te vouloit priuer, & d'honneur, & de vie :
Quoy le voudrois-tu suiure, il ne t'a pas suiuie :
Songe que par sa fuite il s'est mocqué de toy.

SCENE XI.

BISATHIE, FELISMENE, LE PAGE.

LE PAGE.

M*Adame, le rebelle,*

BISATHIE.

ô Dieux ! c'est fait de moy :

LE PAGE.

En sortant du Palais pour aller au suplice
D'vne derniere grace a prié la iustice :

Dequoy,

LE PAGE.

de vous escrire, & voyla son escrit,

BISATHIE

Donne,

LETTRE.

Par vos rigueurs, ie vay rendre l'esprit;
Mais puis qu'elle vous plaist, ma mort est legitime,
Ie iure qu'en amour ie n'ay point fait de crime
Qui vaille vn repentir,
Et qu'à vostre couroux mon sang sert de victime
En l'estat ou ie suis on ne doit pas mentir:
Adieu belle Princesse, il est temps de partir:

BISATHIE.

Quoy, seroit-il poßible, ah! ie suiuray ta perte
En ouurant ce papier ma tombe s'est ouuerte,
Le coup dont tu ressens la mortelle rigueur
En t'ostant de mes yeux te remet en mon cœur,
Ton sang qui va lauer ton offence & ma honte,
Ne m'excusera pas d'auoir esté trop prompte,
Mais allons essayer de diuertir ta mort:

FELISMENE.

Madame, vous seriez vn inutille effort,

Tout le monde dira,

BISATHIE.

tout ce qu'il voudra dire,
Mais il ne dira point l'excez de mon martire,
L'ennuy dont sa disgrace afflige mes esprits
A moins d'estre senty ne peut estre compris;
Il peut dire en voyant la douleur qui me blesse
Que l'esprit d'vne fille a beaucoup de foiblesse
Que des traits de la haine, il est bien-tost armé,
Qu'il la reçoit plus grande apres auoir aimé,
Qu'il suit en sa colere vne aueugle furie,
Qu'apres il s'en repent, souspire, pleure & crie,
Et tasche vainement de rappeller à soy
Le passé qui depend d'vne trop dure loy:
O rigueur du destin captiue imperieuse!
Qui des Roys & des Dieux te rends victorieuse,
Iamais rien ne te touche, & tu ne voudrois pas
Vne fois seulement retourner sus tes pas:
Acheue ton ouurage, acheue impitoyable,
Donne à ma violence vn suplice effroyable,
Puis que tu m'as forcée à destruire en ce iour
Par vn excez de haine, vn miracle d'amour,
Quoy, ne peut-on aimer & souffrir vn absence,
Et se doit-on venger des la premiere offence,

Quoy, sans trahir ma flâme & violer ma foy,
N'eust-il pû se resoudre à s'esloigner de moy:
Ay-ie bien consulté le sujet de sa fuitte;
O comble de misere où ie me voy reduite!
Ie reconnois ma faute apres l'auoir perdu,
Et ie l'ay condamné sans l'auoir entendu,
Ie reconnois trop tard pour excez de ma peine
Que i'ay passé trop tost de l'amour à la haine;
O mort, viens me punir, & monstrer en ce iour
Que l'on peut repasser de la haine à l'amour.

SCENE XII.

L'ENCHANTEVR, ARTHEMIDORE.

L'ENCHANTEVR.

TV me presses en vain d'en monstrer dauantage,
Il faut pour auiourd'huy terminer cet ouurage,
Et demeurant contant de ces Cinq Passions,
Profiter sagement de leurs reflexions,
Apprendre auec loisir quels sont leurs caracteres,
En tirer doucement des aduis salutaires,

Et connoiſtre en faueur des ſpeculations
Qu'elles jettent l'eſprit en des conuulſions
Qui troublent ſon repos, eſteignent ſa lumiere,
Le font qu'il degenere à ſa cauſe premiere,
Rendant l'homme ſemblable aux moindres animaux
S'il ne ſçait gourmander ſes appetits brutaux
Puis quand tes ſentimens s'accorderont aux noſtres,
Quittant ces paſsions nous en viuons cinq autres.

ARTHEMIDORE.

Ce rayon dont des-ja vous m'auez eſclairé
Me fait veoir maintenant vn azille aſſeuré,
Me deſsille la veuë, & me fait reconnoiſtre
L'aſsiette inébranſlable, ou noſtre eſprit doit eſtre,
Et qu'il faut s'il veut viure exempt d'afflictions
Qu'il domine en tyran deſſus ſes paſsions,
Et qu'il teſmoigne enfin par vne force extréme,
Que l'homme eſt touſiours libre & maiſtre de ſoy-meſme,
Qu'il ſe rend comme il veut, ou plus foible, ou plus fort,
Et qu'il fait à ſon gré, ſon bon, ou mauuais ſort:
Ce ſont les ſentimens & les doctes maximes
Que ie viens de tirer de ces diſcours ſublimes:
Oüy, d'vn faux poinct d'honneur i'eſtois inquieté,
Mais vous m'auez guery de cette vanité,
I'eſtois ambitieux, i'ay reconnu ma faute

Et mon ambition est maintenant plus haute,
Mon cœur brusloit d'amour, i'auois l'esprit jaloux,
Mais vous m'auez armé pour on parer les coups:
Bref, i'auois de la haine, & par vos bons offices
Si ie hay maintenant, ce ne sont que les vices,
Et ie connois enfin ayant ouuert les yeux,
Qu'alors que l'on pardonne on imite les Dieux,

L'ENCHANTEVR.

Et que l'on participe à leur diuine essence
Faisant vn action digne de leur puissance,
Car la seule vertu les rendant bien-heureux,
Nous sommes ce qu'ils sont quand nous auons cõme eux;
Mais Adieu, souuiens-toy de toutes ces merueilles,
Descris-en par tes vers les beautez sans pareilles,
Afin que nos neveux vn iour en les lisant,
Y puissent rencontrer l'vtile & le plaisant.

FIN

www.ingramcontent.com/pod-product-compliance
Lightning Source LLC
LaVergne TN
LVHW012011220826
846092LV00001B/314

9782329777849